诺奖得主人文译丛

智慧与命运

WISDOM AND DESTINY

Maurice Maeterlinck
[比]莫里斯·梅特林克◎著
周　旭◎译

U0810729

Wisdom and destiny

北京时代华文书局

目　录

我们应该像科技人员那样投身社会，群策群力去探求对人类至关重要的物质奥秘，对于这些，我们责无旁贷。

It was doubtless our solitary duty to devote ourselves, as men of science do, to wresting from nature the material secrets which are most essential to man.

道德家的职责

在这本书中，我会频繁地提及智慧、命运、幸福、公平和爱情。周围的环境中弥漫着一股黯然神伤的气氛，我却要在其中追寻无影无踪的幸福，在偏听偏信的氛围中寻找一种不切实际的公正无私；在怨气冲天、麻木不仁的氛围中去找寻爱的存在。看起来，这多少都有些反讽的意味，唉，只是因为这太重要了。绝大多数人从容不迫地到隐藏的内心深处，探求内心平和宁静的动机，寻觅怡然自得、慷慨激昂和平静安宁的时机，追究惊奇诧异和感恩怀德的原因，然而，这一切都显得那么不合时宜。我们欣然为这些人大声疾呼，对于生命中的切肤之痛和孤寂无依，我们甚至没有时间去排解；我们也不能言之凿凿地断定，我们一定能加以排解。怡然自得的思想家经过长期而缓慢的艰苦探寻，获得了发自内心的欢愉和意义深远的安慰，但是，这些并不能使他们心满意足，反而激起了他们对道德家们的反抗，这其中就包括艾比克蒂塔斯。他们只对智者关怀备至，对其他人却不闻不问。正如每一种责备中都包含有若干真理一样，这种责备同样含有某些真理的成分。实际上，倘若我们只有勇气侧耳倾听良知中最质朴、最容易、最迫切的愿望，而对其他所有的方面充耳不闻的话，那么，竭尽全力减轻周围人的痛楚就理所当然地成了我们唯一的责任。访贫问苦、扶危济困，慰藉身处水深火热之中的人们，创建模范工厂，开设诊疗室、药房，或者，至少我们应该像科技人员那样投身社会，群策群力去探求对人类至关重要的物质奥秘，对于这些，我们责无旁贷。

假如，地球现在处在一个特定的时刻，人类都能急人之难、相濡以沫，但他们却没有足够的勇气冒险，为其他方面的探究耗时费力，那么，这种仁爱慈善取得的成果会丝毫经不起时间的推敲。因为在当前这个时代，我们周围彰显的美德中的嘉言懿行，都来源于那些不再对思考、反省、评论置之不理的人的精神之中。也许，这才是当务之急，这才是迫在眉睫的职责。接下来，他们会尽力地把这些义不容辞的职责处理妥当吗？谁敢回答这样的问题呢？对于温文尔雅、忠贞不渝的人来说，力所能及的事情总是那些简单明了、迫在眉睫的责任。不过，仍然引以为憾的是，无论人类处于何种时代，他们都毫不例外地将职责限于近在眼前的事物上。在每一代人中，总有一些人桀骜自持，认为他们已经尽心竭力地完成了现阶段所有的责任，而且，他们也在为即将到来的事情殚精竭虑。大多数思想家也倘若我的幸福和你的悲伤的确处于同一水平之上，你所熟悉的一切美好和安慰都将缓解我的痛楚，我的幸福和快乐中，也将映射出你的悲伤。

But no matter, into my grief will enter all that you saw of beauty and comfort, and into my joy there will pass all that was great in your sadness, if indeed my joy be on the same plane as your sadness.

认为他们的看法是真知灼见。我们不得不承认，在某些时候，智慧和圣贤的断言是背道而驰的，但无论如何，思想家将自己的思想遗于后世，总归是一件好事。这点瑕疵又有何妨？没有这样的断言，智慧就不会展示于人，圣贤们已经尽到了自己的义务。

幸福的愿景

现今，痛苦是人类的疾病，就像疾病是人类的痛苦一样。疾病需要医师的治疗，人类的苦难也需要医生来诊断治疗。但不幸的是，疾病泛滥成灾，我们是否应该永远谈论健康的问题呢？现在我们面临的场景，和解剖学中的场景大同小异——这是一门和道德相差无几的自然科学——专家们专心致志地钻研各种畸形现象，这种退化或大或小，都能引发人体器官发生某种变化。理所当然，我们有权利要求，医生的种种理论应该以身体健康、精力充沛的人体为基础。以此类推，我们同样有权利要求，那些具有远见卓识的思想家们应该以安闲快乐的人为标准，或者，至少以拥有成为幸福者的所有要素的人为基础，但那种必不可少的意识可以排除在外。

我们生活在一个偏听偏信的环境之中，但我认为，有时在我们的谈话中，丝毫寻觅不到不仁不义和麻木不仁的影子，好像这种不公平已经销声匿迹，否则，我们永远无法从自己的怪圈中脱离出来。

我们当中，应该有一些人敢于大胆直言，敢于殚精竭虑、敢于见机而进，好像所有人都幸福快乐，这是至关重要的。总有一天，命运会向所有人敞开希望之乡的花园大门，当这一刻到来之际，其他人会找到什么幸福、什么公平、什么美好、抑或是什么爱呢？或许，我们的当务之急应该是考虑最为迫切的需要，虽然这是真实存在的，却并非总是最明智的选择；倘若从一开始就能着眼于长远，做到未雨绸缪，那是最好不过了。洪水横流时，荷兰农民的家园被围困，奔腾咆哮的海水及附近的河流突袭了护卫家园的堤坝。彼时彼刻，对于农民来说，他们的燃眉之急就是要保全自己的牲畜、谷物和财产。但更为明智的选择是转移到堤坝的最高点，和那里的人们一起鼓起勇气，临危不惧，并肩作战。迄今为止，人性就像是一个久卧病榻之人，辗转反侧却又无法入眠。因此，依然有人对他百般抚慰，语气情真意切，好像这病人早已摆脱了痛苦。因为，正如人类是为健康而生一样，人类也是为幸福而生的。如果单就人类的不幸而言，虽然这些痛苦触目即是、无穷无尽，我们也只能轻描淡写，尽快将它们抛在脑后。在谈及人类时，为什么我们不能描绘一幅场景，仿佛人类始终处于确定无疑、无比幸福的前夕？事实上，对于人类来说，尽管充满希望的将来永远不可企及，但本能还是指引着他们向着这个未来勇往直前。毋庸置疑，倘若人类对生活多一点思考、多一分勇气、多一度热爱、多一丝忠诚、多一分渴望，总有一天，真理和幸福的大门会向人类敞开，虽然尚需时日，但此事终将实现。让我们祈愿，有一天全人类都将获得幸福和智慧，即便这一刻永远不会到来，对其心怀期望也非谬妄无稽之举。

无论如何，对那些黯然神伤的人来说，聊一聊幸福的愿景是有益处的，至少他们能够懂得幸福的真正意义何在。在他们眼中，幸福高高在上、旷世绝俗，他们只能望而却步。但所有了解幸福真谛的人，都会简洁明了地告诉你，是什么带给他们幸福。然后，其他的人就会发现，幸福与不幸之间仅有一线之隔，这取决于你是心满意足、宁静淡泊地接受生活的一切，还是心怀敌意、悒悒不乐地屈服于生活的重压；在于宽宏大度、和谐一致的生活观念，与冥顽不灵、睚眦必报的生活观念之间。不幸的人总是哀思如潮，质问道：“这就是生活的全部吗？”“可在我们心里，还是存在某种幸福的要素。”确实，在你们的内心深处存在着幸福的要素，除了那些身体遭受巨大痛苦之人，幸福总是和人类形影相随。不过，不要对这种幸福熟视无睹，因为没有任何东西能与之相提并论。一个最能理解自己幸福的人，才是最幸福的人。在所有人之中，只有他对幸福的含义默契神会，领悟到幸福只是一种崇高的思想，一种坚持不懈、勇敢无畏、富有人性的思想，正是这种思想将幸福和不幸区分开来。

谈论这些话题大有裨益，多多益善。切记不要把我们的思想强加于人，而是要让倾听我们的人在潜移默化中受到影响，让他们在心底萌发出拥有独立思想的欲望，因为每个人都是独特的存在。你珍视的思想可能并不能让我心满意足；你的雄辩高谈也不会触动我生命中隐藏的激情，我必须独立自持，拥有自己独立的思想。不过，通过你对自己思想的阐述，在潜移默化之中，我会更轻易地找到自己的思想。或许，恰恰会发生这样的事情：令你悲痛欲绝的事情可能会带给我一丝抚慰，而让你欢欣鼓舞的事情可能会让我苦不堪言。这没有什么大不了的，倘若我的幸福和你的悲伤的确处于同一水平之上，你所熟悉的一切美好和安慰都将缓解我的痛楚，我的幸福和快乐中，也将映射出你的悲伤。首先，我们应当在灵魂深处为高尚的东西留有一席之地，以便这种思想能够安身立命。正如古代宗教的牧师会把山上的荆棘清理干净，好让圣火的火种从天堂降临；放眼望去，童山濯濯。终有那么一天，依照宇宙的目的和构成，作为不刊之论的幸福公式，会承载着终极真理，从火星深处遍播人间。或许，我们一直生活在对进步的渴望和期待之中，从这个层面上讲，这样的公式能够给我们的精神生活带来一些改变和提升。这个公式对大家一视同仁，但每个人受益的程度和心灵深处沉淀的热忱、纯洁、无私和知识成正比。一切道德、一切有关公正和幸福的研究，仅仅是一种准备，尽可能广泛地提供一种获取经验的方式，为即将到来的事情提供垫脚石。不容置疑的是，我们日夜期盼，有一天我们可以生活在绝对真理的光环之下，生活在不可移易、合乎逻辑的确信之中，但与此同时，我们已经生活在一条至关重要的真理之下，这条真理存在于我们的灵魂和性格之中。一些智者已经证实，这样的生活中掺杂着关系重大、非同小可的错误。

自我认知

当我们所坚持的科学看起来要土崩瓦解之前，一切有关公平、幸福、道德以及所有与之相关的东西是否徒劳无益呢？到那时，笼罩在生活上空的阴霾都将烟消云散；我们现今于黑暗中做的大多数事情，到那时反而会在白天进行。但至关重要的是，即便是在茫茫黑夜中，我们的精神生活和物质生活也要和白天里一样完全、彻底。我们满心期待，希望谜底能够揭晓，不过，在这之前，我们的生活还要继续。我们的生活越陶情适性、不同流俗，生活也会变得更加朝气蓬勃；那么，在对真理孜孜以求、求知若渴的路途中，我们就会拥有更多的勇气、更敏锐的眼光和更过人的胆略。无论如何，我们总是要不断地进行自我认知，这并非蹉跎时日。无论我们与所生存的地球之间的关系如何变迁，比起和地球关系密切的行星和由科学洞彻的奥秘来说，在我们的灵魂深处，依然存在着满腔的热忱、热血沸腾的激情和不可移易的不解之谜。

毫无疑问，在确定无疑、引人入胜的真理中，人类终将获得突飞猛进的发展，在发展的过程中，他的灵魂依旧明辨是非，指引其前进的方向。宇宙的真理愈是重要，给人类带来的慰藉和安静就越多；与此同时，也会有更多关于公平、道德、幸福、爱情的问题映入人类的眼帘，这些问题同样也会展现在思想家们眼前。我们应该维持这样的生活方式，好像我们始终处于发人深省的启示到来的前夜，我们应该以送往迎来的姿态常备不懈——以最热情洋溢、最迫不及待、最神采奕奕、最真心实意、最亲密无间的方式迎接真理的到来。无论有一天，它将以何种方式展现在我们面前，对我们而言，对待它的最好方式，就是从此刻起精心准备，殷切盼望它的到来，期待着它能如同灵魂期望的那般高傲不屈、完美无瑕、汪洋浩博、高贵典雅。它一定会超出我们最大的预期，它会更加赏心悦目、更加盛大辉煌、更加丰富多彩。因为，即便它和我们的期望迥然不同，甚至会让我们万念俱灰，它还是会带来某种更绚烂、更高尚、更接近人类本质的东西，这些东西也将引领真理的到来。对于人类而言，即便他所珍视的一切都销声匿迹，但宇宙内在的真理必然是尽善尽美、卓尔不群、有目共赏的。倘若当真理公之于众的那一天，我们最微不足道的希望也化为灰烬，飘散在空中，而我们精心准备的一切将成为仅存的硕果，和我们不离不弃。我们的期望会形成一条深不可测的河道，那些令人叹为观止的事物，将汇集成涓涓细流，涌入这条河道中来。

理性的约束

我们有必要认为自己比宇宙更优越吗？我们的理性或许证

明这是必不可少的：我们的理性不过是源于大自然的浮光掠影，是整体中微不足道的一小部分而已，只有大自然早已胸有丘壑，可以对其作出判断。这束若暗若明的光线想入非非，想要改造作为光源的那盏灯，这难道是明智之举吗？

我们怀揣崇高的理想，从这个理想的制高点出发，冒险行事，对生活做出了总体的评价，宽恕或者谴责它。但是我们目力所及的一切，和亘古不灭、绵延流长的生命相比，不过是沧海一粟。倘若发生在人类身上的事情，就是人类梦寐以求的一切，那么按照这样的思维来思考和行动才是明智之举。不久以前——在此，我们只援引一个例子，这是我们星球本能中意欲解决的难题——我们刻意经营，制订了详细的计划，请教欧洲的思想家们，如果一个朝气蓬勃、奋发有为、坚持不懈的民族，由于先入之见的影响，在精神和灵魂等诸多方面仍被认为不如雅利安人，一言以蔽之，倘若犹太人从地球上消失匿迹或变得人多势众，这应该被认为是人类的幸运还是不幸呢？堪以告慰的是，圣贤们可以回答这个问题，他们在做出回应时，也无须将自己置于风口浪尖，面对冷酷无情的态度和过分的责难。“幸福即将来临”，对我们来说，发生的很多事情都有失公允，然而，理性在此获得的所有成就，都不能与在自然的错误中发现更为崇高的理性相提并论。起初，我们认为，那些未知其详的力量是冷酷无情的，在为这种力量进行循序渐进、持之以恒的辩护过程中，我们的精神生活和物质生活得到了至关重要的支持和援助。假如每一个让我们称心如意的种族都稍纵即逝，那仅仅是因为，我们的理想和我们之前提及的至高无上的理想——放之四海皆准的真理相比，还只能望其项背。

我们自身的经验已经告诉我们，即便是在现实世界中，依旧存在着各式各样的梦想和渴望，存在着关于美丽、公平和爱情的思想和情感，这些东西都流露出至高无上、高贵典雅的气度。倘若其中一些东西在现实的考验中退缩不前，换句话说，在生命中不可名状、神秘莫测的力量面前恇怯不前，如果是这样的话，那它们肯定和这些东西迥然不同，而不仅仅是少了一丝美感、一分气度、一种堪以告慰的力量。直到我们面对现实时，或许，怀揣着在美感中超越现实的理想是一件再好不过的事情。然而，一旦我们和现实短兵相接，那股依赖于我们最崇高理想的理想火焰，就会心满意足地将忠贞不渝的光线投射到美好的事物之上，正是这些既不楚楚可人，也不温柔敦厚的美好事物使得那些理想化为泡影。对我来说，这并不仅仅意味着一种萎靡不振的宿命论，也不意味着俯首帖耳的顺从，亦非在行动面前畏缩不前的乐观主义。人类社会存在盲目无绪、刚愎自用、狂妄自大的热情，这种热情能够使某些理性受到约束之人取得异乎寻常的成就，但毫无疑问，圣贤们不止一次丧失了衡量这种热情的机会。另外可以确定的一点是，倘若一个贤良方正之人经历了弊绝风清的时代，要他在一个稍逊一筹的时代找寻不切实际、盲目无知的热情或动力，这简直是痴心妄想。为了履行生活中确切不移的职责，我们必须要借助灵魂中无与伦比的东西，借助生活中至高无上的真理。但即便如此，在日常的实际生活中，秉承中庸之道，拒绝感情用事，不要将事情推向万劫不复的深渊，也是不容置疑的——以圣·贾思特的所作所为为例，他以一种叹为观止的热忱，期望获得一种众所周知的安宁、幸福和公平，却弄巧成拙，这种善意将成千上万的人送上断头台——在精神生活中，我们始终不易的职责就是要坚持不懈地追求我们的思想，矢志不渝。

再者，我们的行动依然等待着终极真理的判决，对于那些怠惰因循、未能将这种认识内化的人，这种认识只会阻碍他们的行动。思想升华之后，就会在原来遭受挫折的地方重整旗鼓。真理有时会让人类之前的努力尽付东流。对于那些拥有远见卓识的人来说，他们会防患于未然，预先对这种真理表示赞赏。

他们会尽力将地球上定义为公平、美丽、合乎逻辑的东西发扬光大，这似乎是理所当然的事情。他们全力以赴，对这一切做到融会贯通、心领神会，以致将其奉为圭臬——所有的一切都在循序渐进地发展，尤为重要的是，他们对“宇宙观念”深信不疑。令他们心满意足的是，每一次趋向改进的努力都会朝着生活中隐藏的意图迈近一步。他们艰苦卓绝的努力之后遭受的失败，他们反抗强大世界之后经受的挫折，都教会他们从头再来，为奇迹、激情和希望发现令人耳目一新的动机。

正如你日暮时分攀登高峰，树木、房屋、尖塔、田野、果园、道路，甚至溪流都渐渐消散在夜幕，黯然失色，黑暗弥漫整个山谷，最终将其吞噬。然而，从人类屋舍中透出的灯光却穿透茫茫黑夜，灯烛辉煌、熠熠生辉。每前进一步，你就会看到更多的灯光，当你途经村庄时，灯光就安睡在你脚下。这些灯光若隐若现，但面对茫茫黑夜，它们也许是唯一保留其价值的东西。当我们俯视生活时，道德之光亦是如此。熟思审慎的性格教导我们，将灵魂从卑劣的情感中解脱出来；我们对于公平、真理和爱还心怀最卑微的渴望，这些思考不应该让我们心灰意懒、畏缩不前。

我提出的规则从何而来？甚至我自己都对此一无所知。对他的幸福更加简单质朴，行为信而有征，出自真情实意，更加贴近普通人的生活。

He had something of greater virility and energy, of simpler happiness, something more real, spontaneous, closer to everyday life.

于我来说，它看起来大有裨益、必不可少，除了发自内心的情感之外，对此我也无从解释。但对于这样的动机，有时我们绝不能不屑一顾。倘若我到达了某一高度，这个规则对我来说百无一用，此时，我只能对神秘的本能俯首听命。它命令我不要犹豫观望，继续向高处行进，直到它的用处再一次清晰地映入我眼帘为止。

无言的牺牲

总体上的导言就到此为止吧，现在，我们着重谈一谈智慧对命运产生的影响。既然有机会在此将这一影响加以介绍，或许，我会尽我所能穷原竟委，简洁明了地将其阐述清楚。倘若一开始你就期望在此书中找到清晰的脉络，那肯定会徒劳无功。因为实际上，这本书由断断续续的思想组成，这些思想都围绕着两三个主题展开，只有这些主题多少还有一些系统性。本书无意让人信服什么，也无意证明什么。此外，在日常生活中，书籍绝不像读者和作者声称的那般重要，我的一个朋友对待书籍的方式就极好，值得大家借鉴。他是一个颖悟绝伦之人，有一天，他听到安东尼奥斯·皮尔斯皇帝弥留之际的沉吟——他或许是迄今为止首屈一指的人，完美无瑕，比他的养子马可·奥勒利乌斯有过之而无不及，因为除了拥有养子的美德、仁慈、深情厚谊和聪慧学识之外，他还表现出更为刚强正直、勇敢热情的一面；他的幸福更加简单质朴，行为信而有征，出自真情实意，更加贴近普通人的生活——安东尼奥斯·皮尔斯皇帝躺在病榻之上，等待着死亡之神的召唤，暗淡无光的眼睛情不自禁地流下泪水，四肢浸满了垂死挣扎、无力回天的汗水。此时，护卫队队长按照惯例，进来请示遗言。他回答道："每个人的精神都应当获得安宁。"随后，他便与世长辞了。我朋友说，我们应该对这句话充满敬畏和赞美之情。不过，他补充说的话，我们也应该铭记于心，他说，更加不同凡响的是做出牺牲而不为人所知，甚至我们自己也浑然不觉。命运赐予我们时间，让我们对其大加赞赏，为的是支持起初毫不起眼，但却生机勃勃的成就；相同的命运也锲而不舍地将这些成就赐予每一个意志坚决的人。

命运的幻象

一个作者对其书中的主人公做出如是评价："毫无疑问，

无论人类及其他们的所作所为去向何方，它们都会受到命运意志的压迫。”因此，这句话和大多数人如影随形；实际上，它只是和那些尚未辨别外部环境和道德命运的人形影不离。他们像一条横冲直撞的溪流。一天晚上，我站在山腰上，偶然间看到这样一条河流——倾泻而下，汇入山谷，时而纵横驰骋，时而跌宕无羁，时而奔流而上，时而俯冲而下，茫无端绪地探索着道路，流向森林的另一端，流向深不见底的湖泊，打破了黎明之际的宁静。在路途中横亘的大块玄武岩，迫使溪流迂回了四道弯；溪流流经参天古木的树根，继续向前行进；关于障碍的回忆先前已经销声匿迹，现在又重新萦绕在它的脑海，在徒劳无益的愤怒中奔腾咆哮，每时每刻都将它的目标和喜悦区分开来。然而，从另一个方向、从正确的角度来看待这条心烦意乱、悲不自胜、百无一用的溪流，一种超越本能的力量已经沿着这条源远流长、一碧万顷的河流流动，它沉着冷静、和平安宁、若有所思，平稳地流经乡村，流经杂乱无章的丛石，流经低眉顺眼的丛林。从远在天边的源头流向同样寂然无声、波光粼粼的湖泊，在我眼前形成了一条清澈见底、不偏不倚、从容不迫的水道；在这条水道上，我领悟到了奉献给人类两大命运的幻象。

意识是我们的家园，是我们逃避反复无常命运的温暖港湾，是我们获得幸福和力量的源泉。

Our consciousness is our home, our refuge from the caprice of fate, our centre of happiness and strength.

意识与道德

与那些受到压迫的人和事并肩行走的还有其他人，他们拥有一种内在的力量，这种力量的意志不仅和人类形影相随，而且还和发生在人类周围的事件密不可分。他们对这种力量了然于胸。确实，它不过是一种自我认知罢了，但这种认知已经远远超越了意识的一般界限。

意识是我们的家园，是我们逃避反复无常命运的温暖港湾，是我们获得幸福和力量的源泉。大家对此早已耳熟能详，以至于我们所能做的，不过是稍作提及，向大家表明它是我们的出发点而已。人类的意识愈活跃，人类也就愈高尚；人类愈高尚，意识的意义也就愈深远。卓有成效的交流在此发生，正如爱仍在贪得无厌、热切盼望获得更多的爱一般，意识也希望自身获得不断的发展，希望道德不断升华永不知足，而道德的不断升华也依赖于意识的不断发展。

自我意识

然而，人类常常误解这种自我认知，认为它不过是对自身即使灵魂可以从中得到庇护，那些事情也会随着生活的发展变得幸福或令人悲痛，变得脆弱或令人憎恶，变得死气沉沉或生机勃勃。

But even as the soul maybe wherein it seeks shelter, so will the event become joyous or sad, become tender or hateful, become deadly or quick with life.

缺陷和品质的认识，但它的确进一步延伸到变幻无穷的未解之谜中，这个谜团无尽无休，对人类大有裨益。用静止的眼光来进行自我认知是远远不够的，仅对过去和现在的自己进行自我认知也是不足的，只要是人类拥有我所提及的那种内在力量，他一定也能对未来的自己进行自我认知。那些经天纬地之人的自我意识，意味着他们在某种程度上领悟到自己的宿命。他们对自己的未来略见一斑，因为他们已然融入自己的未来之中。他们果敢自信，因为他们已经预先知道事情的发展，在内心深处，他们已经全然接受了这样的结果。那些事情就其本身而言，就是从命运的水罐中流出的平淡无奇的水——毫无特色，既没有什么香气，也没有任何颜色。但即使灵魂可以从中得到庇护，那些事情也会随着生活的发展变得幸福或令人悲痛，变得脆弱或令人憎恶，变得死气沉沉或生机勃勃。对于我们周围的人来说，不计其数的冒险行动层出不穷，好像每一个人心中都有一种英雄主义的情结。不过一旦冒险行动销声匿迹，英雄主义的事迹也随之荡然无存。但是，当耶稣基督见到乐善好施的撒玛利亚人，见到一些的孩童和水性杨花的女人时，人道主义的关怀在他心中不断累积，最终，甚至他的仁慈会和上帝不相上下。

内心的力量

几乎可以说，这些事情通常只发生在心怀期望的人身上。不容否认的是，面对某些突如其来的外部事件，我们的确无能为力。但是在将这些事件内化为我们内心的力量方面，换句话说，在这些事件的精神层面，在这些事件永久闪耀的内在层面，我们却无所不能。在成千上万的人的内心，这个精神层面渴望着每一个灾难、每一份爱、每一个机遇，他们从来都没有意识到，这些人的生命就如同溪流上的稻草，不知道什么时候就销声匿迹了。还有一些人被这个不朽的部分所吸引，他们就像是海洋上漂浮的小岛，已经找到了固定的位置，由此，他们提出了命运不得不服从的要求。大多数人会因为偶然发生在他们身上的事情变得悲伤或幸福——在我提及的人之中，无论外界情况如何变化，他们内心的力量总会让这一切熠熠生辉。

当你陷入爱里面，并非爱构成了你命运的一部分；你会在爱的深处发现对自我的认知，正是这些认知构成了你的命运，塑造了你的生命。如果你已上当受骗，其实欺骗本身无关紧要，至关重要的是源于你灵魂深处的那份宽容，以及这份宽仁之心的高尚、明智、完美——正是这些东西，引领着你的生命到达光辉灿烂、宁静平和的命运天堂。即便所有的人都果敢自信，但你始终比他们更具远见卓识，更能洞察事理。然而，如果这次上当受骗并没有给你的灵魂带来更加质朴、高尚的信念，并没有让你兼爱无私，那么你就是被人白白欺骗了一场，没有获得任何好处，直言不讳地说就是什么都没有发生过。

本性的体现

让我们铭记于心，所有降临在我们身上的事情，毫无例外都是我们本性的体现。对于我们的灵魂而言，任何冒险都披上了日常思想的外衣。英雄主义的行为也只属于那些长期以来，一直持之以恒做无名英雄、默默奉献的人。无论你是登高望远，还是前往幽深的山谷；无论你是跋山涉水、前往世界的尽头，还是仅仅在你的房屋周围徘徊，你在命运的旅途中注定是孤独一人。如果犹大今晚动身，无论他前往何方，命运总会和他形影相随，他总有可乘之机来背叛耶稣。可是，如果让苏格拉底为他打开一扇门，他就会发现，苏格拉底在他的门前安然入睡，其中不乏获得聪明才智的机会。我们的冒险行动在我们头顶低回徘徊，就像是蜜蜂在准备起飞之前，不断环绕着蜂房飞行一样。它们等待着蜂王的命令从灵魂深处发出，一旦蜂王出现，它们就蜂拥而上。一旦犯错，错误的信念就会接踵而至，爱和冒险也会联袂而来，伴随着爱的节拍不停跃动。它们好像都密切关注着从我们内心深处发出的信号，如果灵魂在暮色苍茫之际变得愈加明智，那么，在天将破晓之际，它为自己种下的不幸之果也会更为审慎。

伟大的运气

那些源于内心、至关重要的运气不会降临到那些并不殷切盼望它的人身上；然而，即便生活中再微不足道的事件，也孕育着那些源于内心、伟大的运气的萌芽。不过，诸如此类重要的运气却被平均分配，根据每个人的功绩依次进行分配。在从天而降的幸福与悲痛中，我们发现了自己的身影。须臾之间，命运出其不意，它的反复无常在我们的思想上浇注成型。在我们的过去中，命运找到了它所有的武器、装束、珠宝。假设色赛迪兹的独生子和苏格拉底在同一天驾鹤西去，苏格拉底的悲哀和色赛迪兹的悲伤会有着天壤之别。不幸抑或是幸福在叩开圣贤之门以前，必须要经受锤炼。但是，它只有虚心屈就，才所有能够意识到的危险便不再是和自己针锋相对的力量，灵魂深处的感伤与悲哀也就化为幸福和甜蜜。

And all that has thus been transformed can belong no more to the hostile powers. A sorrow your soul has changed into sweetness.

能深入寻常百姓的灵魂深处。

本能和命运

当我们变得更加精明时，我们也就摆脱了本能命运的束缚。我们都希望智慧能够意识到生活中绝大多数的艰难险阻。所有能够意识到的危险便不再是和自己针锋相对的力量，灵魂深处的感伤与悲哀也就化为幸福和甜蜜，你可以肆无忌惮地抚掌大笑。倘若没有精神层面的美化，这种悲伤将会一去不返；你所熟悉的那些缺点和错误就不能伤害到你，也不会危及他人。

本能和命运可以永远并肩而行，它们互相支持，手拉手在没有戒心的人周围徘徊游荡。假若一个人能够控制那股源于内心的横冲直撞的力量，他一定也能将外在命运的力量控制在股掌之中。他似乎修造了一座避难所，他获得的智慧和意识与这座避难所的神圣不可侵犯性成正比。它位于金光灿烂的光圈中心，在这个光圈之内，行人大可不必担心反复无常的命运。假如耶稣基督或苏格拉底和埃斯库罗斯居住在阿伽门农的宫殿里，那就不会有《奥瑞斯忒亚》的诞生了。如果他们安静地坐在伊俄卡斯忒宫殿的入口处，俄狄浦斯也根本不会想到弄瞎自己的双眼。宿命在即将发生的事情面前畏缩不前、举措不安，不止一次被其征服。当这样的灵魂愈来愈近时，宿命便不敢造次，灵魂便避免了一些灾祸的发生；当圣贤从这个光圈经过时，他会化解不可胜计的灾难。

圣贤的存在

圣贤的存在本身就足以使命运相形见绌。我们试图在现实中寻找例证，然而，真正的圣贤却敛声匿迹，生活就是一部没有圣贤的戏剧。倘若情况果真如此，事情不得不在血泪盈襟之前戛然而止。生活中不仅不存在圣贤之间的针锋相对，事实上，连围绕着圣贤展开的情节也鲜少出现。人们总是竭尽全力、满腔热忱地去获取自我认知。的确，我们很难想象，事情会在这些人中变得惨不忍睹。然而，在闻名遐迩的悲剧中，主人公却从来不叩问自己的灵魂。由此可以看出，悲情诗人所展现出来的悲壮之美不过是一件俘获品，这种美被铁链所束缚。因为如果戏剧中的主人公摆脱了束缚，跌宕不羁，无拘无束地到达名副其实的英雄所在的高度，他们的武器就会颓然落地，这样戏剧冲突就不会那么激烈，反而获得一种宁静，一种大彻大悟之后的宁静。这种宁静存在于耶稣、斐多、普罗米修斯的受难记中，存在于狄浦斯的谋杀中，存在于安提戈涅的自我牺牲中——只有在其中，我们才能找到有关圣贤的戏剧，也是关于聪明才智的唯一戏剧。不过在其他场景中，悲情诗人们很少允许圣贤们登台亮相，哪怕只是昙花一现。因为他们害怕高尚纯洁的灵魂，他们心知肚明，事情仍然让人惴惴不安。有圣贤在场所犯下的谋杀罪，截然不同于那些对自己都不甚了解的人在场所犯下的谋杀罪。举例来说，假如在灵魂深处，俄狄浦斯拥有避难的场所，比如马可·奥勒利乌斯为自己修造的那种——一个任何时候都可以出入自由的避难所——假如他确信，这个避难所允许每一个思想家出入，到那时，命运还有什么作为呢？命运还能将何种东西带入到自己的陷阱中呢？当灵魂在不幸的磨炼下愈加美丽时，除了在至高无上的领会中透射出的纯洁之光以外，它还包含什么东西呢？

然而，俄狄浦斯心中的圣贤身处何方呢？这位圣贤是提瑞西厄斯吗？他能够知来藏往，不过，对爱人之德和宽仁之心是掌控未来的君主这一点，他却一无所知。他熟悉众神的真理，却对人类的真理茫然无知。他忽略了拥灾难入怀的智慧，这种智慧心甘情愿地将自己的力量赐予灾难。毫无疑问，他们对自已是否拥有爱的力量一概不知。因为真正的圣贤在人类的目力之外，他们高明远识，对人类的命运忧虑关切。如果心底并无爱意，而试图去探寻圣贤的所在，那么，唯一的结果就是，他们会在茫茫黑夜中灼伤双眼。

智慧的意志

我们听闻，那些举世闻名的悲剧呈现给我们的都是人类对命运的抗争。恰恰相反，我认为，几乎没有一部戏剧是命运在其中占据支配地位的。根据我的调查，我根本无法找到一部作品，其中主人公只是与纯粹而单纯的命运抗争。因为实际上，他针锋相对的绝非命运，他只是锲而不舍地和智慧作战。真正的宿命仅存在于某种外在的灾难中，像疾病、意外事故以及我们所爱之人遭受不测之祸；然而，内心的宿命完全是子虚乌有之说。对付那些并不能导致身体死亡的灾难，智慧的意志绰绰有余。甚至有时候，它还能入侵到命运掌控的狭小地带。毋庸置疑，在内心深处，我们肯定为这种意志力积攒了数量可观、坚忍不拔的财富，以便他能就地取材，找到自己所需的资源。

这颗心却能够从铸成的错误和经历的苦痛之中获取一丝希望之光，命运对此也无能为力。

But still is destiny helpless to keep back the light that shall stream to this heart from the error acknowledged, the pain undergone.

命运的阴影

命运的雕像在峡谷中投下一个巨大的阴影，好像把它遮蔽在茫茫黑夜之中。如果居高临下，俯瞰山谷的话，你就会发现，这个阴影的轮廓清晰可辨。或许，我们生来就处在这个阴影之下。然而，对于许多人而言，生活在这个阴影之下是理所当然的事情，即便疾病和缺点和我们生死相随，即便我们被限定在这片暗淡无光的区域内，我们依旧可以时常插上思想和希望的翅膀逃离那里。命运依靠本能、遗传和更冷酷、艰深、隐晦的法则，将更为武断专横的力量强加在相当数量的人身上。即便是我们遭受了不公平的待遇，即便我们因为不幸而遭受巨大的苦难；即便是我们的双手稍有闲暇，命运也会强迫我们做从未做过的事；即便是大错已经铸成，不幸已经降临；这些事情是否会给我们的灵魂带来丝毫的影响，这仍取决于我们。

也许，命运会和我们的向善之心针锋相对，但是，这颗心却能够从铸成的错误和经历的苦痛之中获取一丝希望之光，命运对此也无能为力。灵魂还能将每一次苦难都转化为思想、情感以及命运不敢亵渎毁谤的财富，命运对此也是力不能及。即便命运的帝国对外部事物的统治已经达到登峰造极的程度，但当它发现内在生命的入口处，站立着一位沉默寡言的守卫者时，它也丝毫不敢造次，停止了前进的步伐。如果它被批准进入内在的生命，安顿在一处阴暗晦涩的角落里的话，它也会像一位雍容大度的宾客一样，带着令人耳目一新的和平宣言：给萎靡不振的气氛带来一股清新的气息，带来熠熠生辉的光亮，使得内心更加平和安定，并且使人类的整个视野豁然开朗。

命运的胜利

让我们再次发问，倘若命运已经铸成大错，诱惑伊壁鸠鲁、马可·奥勒利乌斯或安东尼奥斯·皮尔斯进入到它的圈套之中，就像它在俄狄浦斯周围设置的圈套一样，命运会如何肆意妄为呢？比如说，我甚至可以假设，它可能会迫使安东尼奥斯谋杀他的父亲，而且在自己毫不知情的情况下，亵渎了母亲的床榻。这位至高无上的君主的灵魂会因此而心灰意懒、支离破碎吗？既然生活也会上演圣贤们和命运针锋相对的戏剧，那么这出戏剧的结局会和那出戏剧的结局迥然不同吗？确定无疑的是，它一定会产生巨大的伤痛，也一定从这痛苦之中散发出耀眼的光芒，并且在一定程度上战胜这种苦难留下的阴影吗？安东尼奥斯肯定和其他人一样痛哭流涕，但灵魂中透射的一丝光线却不会被浇灭，这是一股凭借自身、不假于外物的光线。对于圣贤们而言，从悲伤到绝望要经历一条漫漫长路，这是一条智慧从未涉足过的路途。安东尼奥斯的生活已经向我们展示了那种至高无上的东西，当我们的灵魂获取那种东西时，每一滴泪水都会因博大精深的思想和雍容闲雅的感情而闪闪发光。他会给自己招致灾祸，也会给灵魂中最纯净、最博大的东西带去灾难。灾难如同瓶中水，它的形状取决于瓶子的形状。我们断言，安东尼奥斯一定不会忍辱负重，这句话往往忽略了一个高尚心灵的真实感受。世间没有如此锱铢必较的灵魂，对于放弃的东西还深信不疑。唉！并不是指放弃灵魂带给我们的百般抚慰，也不是指放弃灵魂带给我们的提升和磨砺，而是指我们以灵魂的名义放弃的思想和情感；正是在此，智慧为笼络它那忠贞不渝的信徒，发放少量的酬劳作为奖赏。

有一些思想的所在之处，任何灾难都望尘莫及。一个怀瑾握瑜之人，远离日常生活中的麻木、自私、虚荣，他就会很少受到灾难的影响。因此，无论是幸福从天而降抑或是遭受不测之忧，最快乐的一定是内心闪耀着伟大思想之人。如果命运对此悬悬而望，或许，安东尼奥斯会因为弑父和乱伦而心怀内疚，这种灭顶之灾的宝座不就放置在老国王愚不可及的行为之中，放置在年轻气盛的王子梦幻般的泡影之中，放置在大乡绅丧心病狂的渴望的顶峰吗?

Is its throne not erected in the very centre of the old king's madness, on the lowest degree of the young prince's imagination, at the very summit of the Thane's morbid cravings?

可是他的内心生活不会像俄狄浦斯那样，变得支离破碎。不仅如此，生活中出现的这些真正意义的大灾难会让他的内心愈加强大，命运会在心灰意懒之后仓皇而逃，把它的网和锈钝的武器，丢弃在宫廷周围。正如独裁者和执政官只能在罗马庆祝胜利一样，命运真正的胜利也只能发生在我们的灵魂之内。

智慧的灾难

我们去何处寻找《哈姆雷特》、《李尔王》及《麦克白》中的灭顶之灾呢？这种灭顶之灾的宝座不就放置在老国王愚不可及的行为之中，放置在年轻气盛的王子梦幻般的泡影之中，放置在大乡绅丧心病狂的渴望的顶峰吗？我们很可能会和麦克白擦肩而过，我们无须在考迪莉娅之父身上蹉跎时光，因为众所周知，他缺乏意识。但提到汉姆雷特——这位陷入沉思的人，他难道就是明智的吗？他思考的高度，足以使他对埃尔斯诺的一切罪行不屑一顾吗？他好像是从智力的制高点来看待这个问题的。然而，在智慧之光大放异彩的山峰中，智力山峰的高度根本不能和其他一些山峰——美德和自信的山峰、宽容和仁爱的山峰相提并论。如果他居高临下地将埃尔斯诺的罪行盘根问底的话，举例来说，就像马可·奥勒利乌斯和费奈隆那样，的确仔细调查过了，那么，结果又将如何呢？首先，这种罪恶发现自己处于更强大的灵魂的注视之下，就会犹豫不前、按甲休兵，最后丢盔弃甲，返回自己的营地，像是蜜蜂在清晨的第一缕阳光悄无声息地照进蜂巢时，就停止手头的工作一样，这样的事情不是经常发生吗？

不管怎么样，真正的命运，即内在的命运，会沿着克劳狄斯和哥特鲁德的命运足迹前行，因为这些罪大恶极的人已然将自己交到了命运手中，偏行己路，重蹈那些行凶作恶之人的覆辙。然而，倘若有一位圣贤端坐宫中，它还敢这样大肆招摇、肆无忌惮地传播吗？它曾经在宫殿的大门前咄咄逼人、张牙舞爪，此刻面对着璀璨夺目、对其进行公开斥责的障碍物，它还敢越雷池一步吗？当圣贤的命运和愚昧无知的人的命运休戚相关时，圣贤便让他们和自己比肩而立，但他自己的层次并不会因此而降格。无论在地球上，还是在宿命控制的范围内，河流都不会回流至它们的源头。让我们回想一个至高无上、无所不能的灵魂——耶稣的灵魂，倘若这个灵魂身处埃尔西诺的哈姆雷特的立场上，它会任由悲剧继续上演，最终四个人都死于非命为止吗？这是可以想象的吗？永远不会有人精心策划这样一场罪恶——在奥妙无穷的智慧注视下，罪恶就像是在夕阳西下之际，我们给年幼无知的孩子观看的一次微不足道的表演一样：只是一些魔术灯笼的表演，以欺诈的手段，用艳丽庸俗的色彩代替了日暮时分最后的一抹阳光。

在笼罩于埃尔西诺上空矫揉造作的黑暗之中，你能想象出耶稣基督或者你偶然间碰到的智者吗？难道哈姆雷特的每一次行动不都是感情用事，凭自己一时的血气之勇吗？这种冲动告诉他，复仇才是他独一无二的职责，他需要付出艰苦卓绝的努力才能意识到，复仇从来就不算是一种责任吗？我再重申一遍，哈姆雷特能够运筹帷幄，但他绝不是一个智者。如何才能够从命运的层层护卫之下找寻到它的致命缺点，他茫然无知。当崇高的思想和命运短兵相接时，思想并不总能够战无不胜，因为命运依然能够和更为崇高的思想相对抗。然而，什么命运能够和纯净、善良、温润、忠诚的思想相抗衡，永远立于不败之地呢？罪恶总是期望我们做一些事情，我们只有和这些背道而驰才能够战胜命运，因为悲剧并不是不可避免的。在埃尔西诺，没有一个灵魂抵制由此产生的灾难，一个对生活独具慧眼的灵魂会迫使周围的人睁开双眼。雷欧提斯、奥菲莉亚、哈姆雷特、克劳狄斯、哥特鲁德死有余辜——除了哈姆雷特那令人扼腕叹息的冲动之外——这些应该如何展示出来呢？这种冲动不可避免吗？当一种简单的思想能够阻止所有谋杀的力量时，我们为什么还要谈及命运呢？毫无疑问，命运的帝国肯定漫无边际。

或许，当泰山压顶之际，当风雨飘摇中船只不幸触礁之际，当我所爱之人遭受疾病折磨之际，我必须承认命运那冥冥之中的力量。对于人类的灵魂而言，命运从来不会不请自来。哈姆雷特身遭不幸，那是因为他陷入了反常的阴郁黑暗之中，而他的愚昧无知则使他永远摆脱不了不幸的阴霾。只要我们发号施令，命运就会俯首帖耳——世间没有任何东西能够献出如此旷日持久、忍辱负重的顺从。霍雷肖终其一生都能够发号施令，但他始终生活在主人的阴影之下，他也没有勇气打破枷锁，获取自由。倘若有一个灵魂勇敢无畏，大胆将真理展示于人，那么，埃尔西诺的历史就不会淹没在怨恨和惶恐的泪水中。但是，如同我们从树上砍下的藤条一般，被智慧玩弄于股掌之中的不幸，在无意识的人手中就变成了钢铁，杀气腾腾、锋芒逼人。又一次，这里的一切不取决于命运，而取决于聪慧绝伦之人的智慧。哈姆雷特就是如此。只要是他存在，他便是在埃尔西诺上演的那出戏剧的中心人物，哈姆雷特的智慧确实只取决于他自己。

当我们百思不得其解时，当我们身处神秘莫测、出乎意料的灾难中时，我们很少发现，自己在与无形的敌人作战，或者是在和形同陌路的力量相抗衡。

In our most inexplicable moments, in our most mysterious, unexpected misfortunes, we rarely find ourselves struggling with an invisible enemy, or one that is entirely foreign to us.

宿命的力量

如果你以怀疑的眼光看待想象中的戏剧的话，你只需要审视一下，那些在值得信服的历史中创作的、闻名遐迩的戏剧，你就会发现，在这些戏剧中，人类的命运相差无几——他们的行事方式毫无二致，甚至他们暴躁如雷、负隅顽抗、俯首就缚的行为也如出一辙。你会发现，是源于人类自身的一股力量，在我们欣然命名为“宿命”的戏剧中，扮演了一个异常活跃的角色。毋庸置疑，这种宿命法力无边，但并非不可抗拒。它并不会在一个既定的时刻，从冷酷无情、不可企及、深不可测的深渊中一跃而出。它可以增强我们兄弟之间的感情和思考、欲望、苦难以及活力。我们对于这种感情了如指掌，因为它和我们的感情大同小异。当我们百思不得其解时，当我们身处神秘莫测、出乎意料的灾难中时，我们很少发现，自己在与无形的敌人作战，或者是在和形同陌路的力量相抗衡。世间总是存在着一些确定无疑的事情，为什么我们的自由意志要竭尽全力扩大这些事情的范围呢？拥有真正实力的人们意识到，阻碍他们计划实施的力量中，有一些并不在他们的掌控之中。然而，就他们所知的一切，他们进行了英勇无畏的斗争，仿佛别无他物倘若真的存在某种预定论支配着生命的轮回，那么，这种预定论在我们的性格中的存在绝非是真实的。

And if it be true that some kind of predestination governs every circumstance of life, it appears to be no less true that such predestination exists in our character only.

存在。这些人通常凯旋。在我们的智慧中，在我们的精神深处，有一种东西被我们看作真正富有人性、天然质朴的东西，当我们的怠惰和无知停止对致命的灾难乱下定义的那一天到来时，我们会以最莫名其妙的方式，将其附加到我们的安全、幸福和平静之中。

命运的牺牲品

让我们考虑一下引人注目的命运牺牲品路易十六。冷酷无情的命运好像从来没有像现在一样大声疾呼，要毁掉这个命途多舛的人，这个温文尔雅、与人为善、道德高尚、刚正不阿的人。然而，当我们仔细翻阅历史的书页时，难道我们没有发现，命运不正是从受害者本身的优柔寡断、孱弱不堪、看上去微不足道的表里不一、盲目无知、意气用事和爱慕虚荣中获得摧毁他的力量吗？倘若真的存在某种预定论支配着生命的轮回，那么，这种预定论在我们的性格中的存在绝非是真实的。同样毫无疑义的是，改变性格对于那些有自由意志的人来说轻而易举。因为，在绝大多数人的生活中，性格不是也经常发生变化吗？就你自己的性格而言，三十岁时的性格和二十岁时一样吗？它如果没有一个人敢为人先，孤军奋战，到达那片或多或少大家都能看到的、荒无人烟的高地，那么，所谓圣贤、所谓伟人、所谓英雄是何物呢?

And what is a sage, a great man, a hero, if not one who has dared to go, alone and ahead of the others, to the deserted table-land that lay more or less within sight of all men?

取决于你认为生活的主流是不忠、邪恶、怨恨和谬误，还是善良、真理、仁爱，性格会据此变得更宽宏大度或狭隘无知。你会认为，你亲眼看见了怨恨或仁爱的胜利，真理或谬误的胜利。这和你心中崇高或卑劣的思想完全切合，和你心中日积月累形成的幸福和生活的目标也完全一致。正是我们心底最神秘莫测的欲望支配着全部生活。如果邪恶遮蔽了你的双眼，那你看到的永远是邪恶战无不胜；如果你学着让你的目光在真情、质朴、真知上稍作停留，你就会在一切事物的最深处，发现被你奉为至宝的东西在悄然间就拥有了决定性的胜利。

人类的职责

不过，人们并没有从这个角度出发，对路易十六做出公正的评价。让我们站在他的立场上想象一下我们处在他的疑惑和慌乱，他的无知和所面临的困境中。由于我们对所发生的一切都已心知肚明，我们可以轻而易举地宣称该如何去做。但此时此刻，我们意识到自己的职责了吗？我们不正在和自己的难题和疑惑相抗争吗？在未来的某一天，如果有人对我们的行为做出评价，难道他们不应该追寻着我们攀登沙丘时留下的足迹，从中发现未来前进的道路吗？路易十六百思不解：我们知道应该做什么吗？我们知道自己最该放弃什么吗？我们知道自己最该保护什么吗？当我们在人类理性的权利和客观环境的要求之间摇摆不定、踌躇徘徊时，我们是否比他还要聪慧呢？当这种犹豫不决是本着谨慎、尽责的原则时，它不是常常包含职责的一切要素吗？从这个命途多舛的国王身上，我们能够得出一个至关重要的教训：当我们和一个本质上崇高伟大的疑问狭路相逢时，我们有责任毫无畏惧地勇往直前，不要左顾右盼，不要止步于那些看起来合情合理、切合实际、公平正义的情况，我们要义无反顾地走得更远。

此时，对于我们来说，关于职责、正义和真理的看法也许一目了然、见识高远、无拘无束；但是，若干年、若干世纪之后，它将和现在大相径庭。倘若路易十六做了我们认为他应该做的——我们知道什么是正确的——倘若他直截了当地杜绝皇室特权中一切荒谬绝伦的事，坚定地接受当时已经蓬勃兴起的、令人耳目一新的真理和更为崇高的正义，那么，今天我们就应该钦佩他的智慧。或许，国王本人并不是一个愚蠢邪恶之人，他会以一个不偏不倚的哲学家的敏锐眼光，在须臾之间清楚剖析自己的处境。无论是从历史的角度来看，还是从心理的角度在那个夜晚，灾难就如同一座静止不动的大山，遮挡了所有人的视线，难道我们没有注意到，这个灾难像一个蹒跚学步的孩子步履维艰？

A night indeed when fatality should have been an immovable mountain governing all the horizon, do we not see this fatality stumbling at every step, like a child that is learning to walk?

来看，这并非全无可能。即便在我们最为疑惑不解的时期，我们还是对于应该前往何处寻找职责的所在，以及它那没世不渝的高度了然于胸。不过，我们能够感觉到，在实际要做的事情和那座远在天边、傲然独立、金光闪闪的山巅之间隔着千山万水，令我们可望而不可即。然而，整个人类的历史证明了——我们每个人的日常生活也证明了——在这个至高无上的山巅，正义自有它的一席之地；在历经千辛万苦、花费了大量宝贵的时间之后，我们最终还是要到达山巅。如果没有一个人敢为人先，孤军奋战，到达那片或多或少大家都能看到的、荒无人烟的高地，那么，所谓圣贤、所谓伟人、所谓英雄是何物呢？

致命的出逃

虽然成千上万人的命运就在路易十六的股掌之间，拥有智慧似乎是他义不容辞的职责，但我无意说明他必须要成为一个标志性人物，一个充满智慧的人物。我们也没有声称，我们当中聪慧绝伦的人可以规避他的错误，或者由错误引发的灾难。但是有一点是确定无疑的，所有的这些灾难中，没有一种起因超出了人类的范围，没有一种起因是超自然的、神秘莫测的、不可避免的。它们并非源于另一个世界，也不是由一个荒诞、神秘、费解的神灵发起的。它起源于人类难于把握的公正思想，这种思想突然在生命中惊醒，永远不会在人类的理智中酣然入睡。这个世界上是否存在一种东西，这种东西比公正的思想更确定无疑、更贴近实际、更富有深刻的人性？路易十六或许会引以为憾，这种破坏他和谐安宁生活的思想，应该在他当政期间觉醒。但是这却是他能够针对命运发出的唯一指责。

当我们私下抱怨自己的命运时，我们所有的抱怨拥有同样的价值。对于其他的人来说，假设仅仅需要一次活力四射、忠诚不渝、公正无私的行动，一次洞察事理的智慧就足以改变整个事情的进程。这个假设是完全合情合理的。倘若路易十六的出逃就其本身而言，是一次表里不一、罪大恶极、软弱无力的行动，但倘若他在这次行动之前深思熟虑，事情的安排不那么荒唐可笑的话（习惯了宫廷生活的人都会作如是安排），路易十六绝不会葬身绞刑台。是上帝，还是他对玛丽·安托马内特的盲目信赖，导致他把这次遭受灭顶之灾的旅途交由德·费森筹备和负责？要知道，他可是一个愚昧自负、入世不深的家伙。是出于一种神秘的本能力量，还是由于他自己的无意识、掉以轻心、草率行事以及一种无从解释的机械服从——就像软弱无能者和无所事事者在生死攸关之际表现的那样，他们看起来要挑战自己的运气——使得他在更换马匹时，两次三番把头从马车的窗户中探出，从而三番五次地被人认出？在这生死存亡的关头，在那个剑拔弩张、惊心动魄的瓦雷纳之夜。的确，在那个夜晚，灾难就如同一座静止不动的大山，遮挡了所有人的视线，难道我们没有注意到，这个灾难像一个蹒跚学步的孩子步履维艰？我们急切地想要知道，是晶莹剔透的鹅卵石还是生长在路边的一簇野草会将他绊倒？

在那个漫漫长夜，马车悲剧性地戛然而止：年轻的德鲁埃特发出一声令人心惊肉跳的呼喊："以国家的名义！"此时此刻，国王只需要一声令下，或者快马加鞭逃走，抑或是用力拎起领口，或许，你和我都不会降临到世界上了，因为历史将由此改写。市长再次亲临现场，他站在那里，毕恭毕敬、惶恐不安、把持不定，国王只需要下达一道傲慢的命令，他就准备大开城门。而后在莫索斯——一个富裕的乡村杂货店店主——的一家店铺内，当葛格拉和德·舒瓦瑟尔率领他们的轻骑兵前来救援时——即便是重复一百次，所有的一切不也是取决于一句简单的"是"或"不是"，一个步骤、一个手势、一个神色吗？倘若要十个和你亲密无间的朋友充当法兰西的国王，关于他们的结局，你可以得出十种迥然相异的结论。啊，的确，就是那个夜晚，让宿命饱受耻辱，将它的弱点全部展示于人。在人们俯首听命时，命运对生命显得至关重要，但那个夜晚却向所有的人揭示，命运那股神秘莫测、无所不能的力量却傍人篱落、卑微可怜、疲软无力。以前，它从来没有见识过这样的场景；此时，它那蛊惑人心的华冠丽服被完全剥去，因为那天晚上，它马不停蹄地进进出出，从死到生，从生到死；最后，像一个心烦意乱的女人，投入到命途多舛的国王的怀抱。为了一个决定，一次生存的机会，它苦苦哀求国王，一直到黎明时分，但除了人类意志和智慧的深处，它从未找到这个决定和生存的机会。

命运的安排

然而，真理并没有完全展示在你面前。为了尽力将命运的重要性降到最低，把它看作某种需要我们保护和引导的模糊、迷失的创造物，这样做是行之有效的。我们因此获得了更多的勇气、更多的信心、更多主动的精神，任何有用的事情想要取得成功，这些品质是必不可少的，当我们自身的危险迫在眉睫时，它也会使我们保持一种良好的状态。但尽管如此，我们不能假装真的没有其他力量存在——一切事情都在我们的意志和智慧的掌控之下。这种意志和智慧正在接受训练，它们的行为像一支常胜之师中的士兵。它们必须学会以一切敌人为代价迅速成长，必须在远胜于它们的未知事物中寻找到一线生机。那些心怀热望，希望能从日常的生活习惯中摆脱出来的人，希望从单纯寻欢作乐的人们的那一点点小幸福中摆脱出来的人，必须沿着熟悉的道路前行，选择这条道路时，他们必定会深思熟虑，对这条路深信不疑。当然，切不要对那些尚未勘测的地区掉以轻心，因为，熟悉的道路便在其中曲折蜿蜒地穿过。我们必须表现得像一个指挥可定的主人，好像一切都要向我们俯首称臣；让我们小心地在灵魂中培育起一种思想，它的职责就是以高贵的姿态屈服于可能遭遇到的强大力量。

智者认为，一切皆在掌控之中，可以预见未来。我们也应该铭记一个秘而不宣的观点，这个观点神圣不可侵犯、没世不渝，任何伟大的事物通常是变幻莫测、无法预料的。正是这无法预料、尚未可知的特性完成了我们未敢涉足的事情。然而，假如在我们内心深处，并没有对其顶礼膜拜的祭坛，它并不会对我们伸出援助之手。如果一个人拥有坚忍的意志，像拿破仑，他会小心翼翼地将他们建立的不世之功，一部分归结于命运的安排，并将其公之于众。有一种人，他们的内心深处并不存在这种慷慨激昂的希望，就像是羸弱不堪的孩童，命运在他们那里便会画地为牢。对于其他人来说，还有漫无边际的神秘地带尚且无力探索，他们就会任由自然支配这些区域，同时他们也会关注着命运的一举一动。

本能的欲望

这些风云变幻的历史时刻类似于我们在海洋上目睹的暴风骤雨，我们来自于遥远的内陆，希望能到达海滩。我们心怀强烈的求知欲望和孩童般固执的热情，凝视着海上的惊涛骇浪。海水奔腾，一浪高过一浪，后者足有前者的三倍高，来势汹汹，愈演愈烈。海浪向我们扑来，就像是某种肌肉透明的怪兽，早在遥远的天际，它们就迫不及待地张开自己的怀抱，好像神色仓皇的送信人，急于给人类带来某种完好无损的启示。大海在它的尾流处开辟了一条轨道，这条轨道如此深邃，以至于我们相信，大海最终一定会将其中的一个奥秘揭示给我们。然而，所有的事情和风平浪静、晴空万里时一样。萎靡不振的微波在清冽可鉴的浅水上来回波动，海洋里没有出现任何生物，甚至连一根海草、一块石头都见不到。

倘若没有任何事情能使圣贤们心灰意懒——虽然他们并不是真正的智者，令人叹为观止的并不是他们学富五车，而是那些令人沮丧、无法预料的事物能够激发他们的兴趣——在法国大革命中，我们不止一次地在命运中证明这样的发现，他们的命运比路易十六的命运更悲惨、更势不可挡、更不可思议。我指的是吉伦特派，特别是众口交赞的维尼奥。如今，虽然我们知道命运向他隐瞒的一切，我们也能够预言，在那个风雨飘摇的世纪里，本能的欲望在苦苦寻觅着什么——但直到今天，要想表现得比他还要独特精明，显然也是痴人说梦。

假如命运将所有人都推到一场运动的风口浪尖，这场运动已经荡平了一切障碍，它肯定不能揭示更出类拔萃的个性或更崇高的精神。倘若我们能在内心深处，凭借我们心灵中最纯净的东西，凭借我们的智慧和仁爱，塑造一种完美无缺、无可挑剔的人，这种人丝毫没有个人想法，也没有任何缺点和错误——这个人肯定希望能够在维尼奥旁边无人就座的议会上占有一席之地，“死亡的阴影似乎已经在头顶低回不已”。他可能会像维尼奥那样所思、所说、所为。他曾在触目惊心的时刻，看到了完美永恒的事物；在那些凄风苦雨的日子里，他依旧懂得如何保持高风亮节的作风和一颗宽仁之心；在那些日子里，人性和宽仁似乎是公平和理想的最大敌人，为此，他已经倾其所有。在他的内心深处存在着崇高伟大的疑问，却毫无畏惧地勇往直前，从未左顾右盼，也没有止步于那些看起来合情合理、切合实际、公平正义的情况，而是走得更远。意想不到的暴力死亡向他逼近，他的人生旅途才刚刚过半。这件事带给我们的启迪是：在人类与命运莫名其妙的冲突中，问题往往不是如何捍卫我们的生命，而是如何保存我们完美无瑕的感情和至高无上的思想。

有人会问："倘若我的生命戛然而止，那些至高无上的思想又有什么用呢？"对于这个问题，其他人或许会给出这样的答案："如果在我的灵魂深处和精神世界，我所挚爱的一切都必将消逝，那么，即便生命延续，我又将如何自处呢？"难道在这个独一无二的抉择中，不是也集中了几乎人类全部的道德、英雄主义和美德吗？

智慧的含义

然而，被我们高度赞许的智慧是何物呢？我们不要寻求给它下一个特别严格的定义，那样只会束缚它的发展。倘若一个人渴望研究光的性质，通过熄灭周围所有的烛光所发现的一切，难道不就是一些灰烬和没烧的灯芯吗？对于那些试图下定义的人也是如此。茹贝尔曾评论说：“当聪明这个词用在孩子身上，每个孩子对它的含义都一目了然，我们无需作更多的解释。”让我们像孩子一样接受它吧，或许，它会伴随着我们一起发展。让我们聊一聊智慧吧，就像哈德维吉克修女——众口交赞的鲁吉伯罗克神秘莫测的对手——谈论爱情那样：“幽峭深邃的深渊正是它精美绝伦的表现形式。”智慧不需要任何形式，智慧之美必须像火焰之美一样绚丽多彩。智慧不是在宝座上正襟危坐的女神，它是雅典娜，和我们并肩而行，我们一同翱翔于天际，我们一同降落人间，我们甘苦与共，分享生活中的点点滴滴。除非从摇篮到坟墓，你的智慧变化无穷，否则你并不具备真正的智慧。你对这句话的理解越深刻，它所承载的美感和意义就越丰富，你就会变得越来越聪慧；你朝智慧前进的每一步都向你的灵魂揭示，智慧是一个永无止境的空间，永远不会停止其前进的步伐。

意识的收获

一个人若是对自己有深刻的认识，那么他就是一个聪慧的它们的目标并不在自身，而是要为灵魂的命运开辟一条崭新的道路，这种灵魂的命运总是纯净无瑕、炳如日星。

And their aim is not in themselves; they serve but to clear the way for the destiny of the soul, which is a destiny, always, of purification and light.

人。一旦我们真正意识到自己的存在，我们就会发现，真正的智慧远比意识来得奥妙无穷。不断增长的意识主要收获在于，它揭示了仰之弥高的无意识，纯净的智慧源泉就纵横于无意识的山巅。无意识的财富平均分配给每一个人，不过，其中的一部分位于正常的意识之内，一部分位于正常的意识之外，大多数人都不会逾越这条界线。但真正热爱智慧的人，他们会勇往直前、另辟蹊径，跨越这条界线。倘若我心怀热爱之情，我的这份热爱能够使我获得人类所能获得的最大限度的意识。那么，一种无意识将这份爱点燃，这份爱与那些朦胧的平凡爱截然不同。第二种无意识将动物排除在外，而第一种则引导着我们接近上帝。但在第二种意识认识到自己之前，它必须将自己的一切轨迹全部抹杀。或许，我们将永远处于无意识的状态中，但我们可以日复一日地净化包裹着我们的无意识。

灵魂的本能

如果我们仅仅将理性奉若神明，我们绝不会获得智慧。智慧不仅仅是理性对低级本能的永恒胜利。如果我们的理性并没有对另一种迥然不同的本能——灵魂的本能——心悦诚服，那么，这种胜利即便对我们有所帮助，那也是微乎其微的帮助。这些胜利弥足珍贵，因为它们表明，神圣贤明的本能是存在的，这种本能会越来越神圣。它们的目标并不在自身，而是要为灵魂的命运开辟一条崭新的道路，这种灵魂的命运总是纯净无瑕、炳如日星。

理性与智慧

理性为智慧大开方便之门，但最生动活泼的智慧并不存在于理性之中。理性对厄运关闭了大门，而智慧在远在天边的地平线上敞开另一扇门，接待好运的到来。理性闭门自保并且随时准备鸣金收兵，它会极力阻拦事情的发展、将事情拒之门外，甚至加以破坏。然而，智慧却勇往直前、攻城略地、充实自我，同时也在增长、在创造、在支配着其他东西。理性并不是智慧的源泉，智慧是灵魂的一种渴望，它凌驾于一切事物之上，比理性要高得多。因此，智慧的真正本质在于，在理性表示不赞成，或只在事后表示赞成的情况下，便宜行事，解决不计其数的事情。因此，总有一天，智慧会对理性说：热爱对手，以德报怨是大有裨益的。当那一天到来时，理性将屹立在自己王国至高无上的山巅上，最终它会对智慧的观点心服首肯。但智慧并不会心满意足，而是独自继续求索。

智慧的氛围

假如智慧仅仅对理性俯首听命，除了征服本能之外别无所求，那么，智慧将一成不变。每个人拥有的智慧如出一辙，对于智慧所涉及的领域，人类也了如指掌。理性已不止一次地探索过智慧的整个领域。

无论是何种智慧，它们都共同拥有一些一成不变的观点。然而，在耶稣基督和苏格拉底之间，在阿里斯第德斯和马可·奥勒利乌斯之间，在费奈隆和让·保罗之间，智慧的氛围依然存在着天壤之别。让相同的事情在同一天降临到这些人身上，如果事情落入到他们智慧的活水中，这些事情就会发生彻底的转变，结果也会因人而异。如果它们落入到理性的一潭死水中，就会依然如故，没有任何改变。如果耶稣基督和苏格拉底同时遇到那个水性杨花的女人，倘若他们处于理性的支配下，那么他们说出来的话不过是大同小异。不过，他们内心智慧的作用却属于不同的世界，这种作用只可意会不可言传，也绝非思维所能触及。因为，诸如此类的差别正是智慧的本质所在。对于智者来说，此处只有一个起点——理性的门槛，一旦他们对理性的胜利了如指掌之后，换句话说，一旦他们可以在更高层次的无意识范围内自由出入时，他们就会彼此分离。

智慧之爱

“这是合情合理的”和“这是明智的”，这两句话蕴含的意义绝不相同。合情合理的事情并非都是明智之举，有些事情做得非常明智，然而会受到追求完美的理性的苛责。正义源于理性，但美德却源于智慧。普鲁塔克教导我们，“美德永远比正义的涉及范围要广”。英雄主义应该归于理性还是归于智慧呢？或许，智慧仅仅在道德生活中才被赋予无限的意义。毋庸置疑，理性也具备无限的意义，但这取决于它那仅有的认识，除此之外，它不敢越雷池半步。把这种无限的意义看作生活的价值，这似乎有悖于理性的真正本能；然而，在对支配其全部行为的无限空间作出判断时，智慧无疑是明智的。

理性中没有仁爱的容身之处，而在智慧中，则处处充满了爱的身影。智慧中至高无上的一切和仁爱中纯净无瑕的一切水乳交融。爱是无限、至圣、至明的形式，由于它至圣至明，因此也是最富有人性的表现形式。为什么我们不可以说，智慧是神的理性对人的理性的全面胜利呢？

智慧的源泉

我们不应该过分地培养理性，但理性只应由智慧来引导。倘若爱的第一个信号已经发出，而人类却没有俯首听命，这绝非明智之举。假如基督以及所有英雄们的理性都放荡不羁，他们会做出何种行为呢？英雄的每个行为不总是会逾越理性的界限吗？一个人整日端坐在椅子上，游手好闲，因为理性不允许他站起来。然而，谁敢贸然说英雄远没有那个坐在椅子上无所事事的人聪明呢？我们重申一遍——智慧的真正容身之处是爱，而不是理性。确实，在智慧的根源可以发现理性，但理性却浇灌不出智慧的花朵。因为在此，我们谈论的不是合乎逻辑的智慧，而是截然不同的智慧，它和仁爱是亲密无间的姐妹花。

起初，理性和仁爱在准备开疆扩土的灵魂中激烈碰撞，但最终，理性和仁爱会实现某种和平，这种和平正是智慧的源泉。

当理性将更多的自我权利交付给仁爱时，这种和平也会变得更加发人深思。

智者之爱

智慧是仁爱的指路明灯，而仁爱则为这盏灯提供灯油。爱得越深沉，就会变得越聪慧。智慧每向上攀登一步，它就离仁爱更近一步。如果你深陷爱的旋涡，你必须要变得聪慧；如果你是一个聪慧之人，你一定明白如何去爱。只有爱让一个人变得更好时，他才会将诚挚的爱推己于人；变得更好无非就是变得更聪慧。尘世中的每一个人，从他陷入爱里面的那一刻起，他的灵魂就得到了改善——尽管他的爱俗不可耐。对于那些从未泯灭心中之爱的人来说，随着他们的灵魂变得越来越高尚，他们也会继续将爱发扬光大。爱是智慧的食粮，智慧是爱的养料，二者相辅相成。那些陷入爱里面的人，心底存在着一个熠熠生辉的光环，而这个光环就紧握在智者手中。智慧和爱合二为一，在斯韦登伯格的乐园中，他的妻子就是“智者的智慧之爱”。

理性教导我们要宽容、正直、公义，理性教会我们将一切事物中至高无上的感情和思想奉为至宝，但是，还有什么东西比理性更扑朔迷离呢？

What could be less clear than the reasons that bid us be generous, upright, and just; that teach us to cherish in all things the noblest of feelings and thoughts?

理性与真理

费奈隆说："确切的思想是理性的源泉。"或许，我们可以补充说，理性源于我们的智慧。换句话说，我们灵魂和个性中最完美的一切都源于那些迷离的思想。如果我们任由那些确切的思想支配我们的生活的话，那么在弹指之间，我们就会变成不值得别人去爱和去尊敬的人。因为实际上，理性教导我们要宽容、正直、公义，理性教会我们将一切事物中至高无上的感情和思想奉为至宝，但是，还有什么东西比理性更扑朔迷离呢？然而，幸运的是，我们拥有的思想越是清晰，对目前尚且迷离恍惚的东西就越是心存敬意。我们必须孜孜不懈地努力，使尽可能多的思想简明扼要地展现在人们面前，只有这样，那些在我们灵魂深处尚且晦涩难懂的东西才能如梦初醒。或许，那些简明扼要的思想偶尔会支配我们的外部生活，不过，其他的东西必然继续前行，走在我们内在生命的前头，那些我们目力所及的生命必然要臣服于那些无形无影的生命。至于那些简明扼要的思想，它们的数量、质量和力量最终要取决于那些迷离恍惚的东西。它们在这些迷离的东西中遁迹潜形，耐心地等待着属于他们的时光，或许，我们满腔热忱、苦苦探求的那些确切的真理就隐藏其中。我们不要让它等待得太久，的确，我们在内心深处唤起的那种晶莹剔透的绝妙思想绝不会陨落，反过来，它还会唤醒那些精妙绝伦但却模糊的思想。这种思想会变得永恒和成熟，最后它自己会变得清晰可辨（因为完全的清晰明了不是思想开始衰落的一个迹象吗），在昏昏沉沉中就能激发另一个艰深晦涩的思想，这种思想远比处于混沌状态中的自己高尚、可爱得多。或许从此，他们就会风度翩翩、秩序井然地行走在寂然无声的队伍中，从不抑郁沮丧——总有一天，这只几乎无形中的小手，也会纯粹出于偶然地触及那至高无上的真理。

本能和理性

无论是一目了然的思想，还是艰深晦涩的思想，抑或是内心、智力、意志和灵魂——确实，我们使用的这些词有异曲同工之妙，都或多或少地表达着同一个意思：人类的精神财富。或许，灵魂只不过是我们大脑尽善尽美的愿望，上帝也只是我们灵魂中完美无缺的期待。这里的黑暗如此深不可测，我们只能试图将其区分开来。我们追寻的路线应该比这黑暗蔓延的地区还要阴郁混乱。在所有留给我们的理想中，只有一个我们能欣然接受，那就是进行充分的自我认知。这种认知的深入，在多大程度上确实依赖于我们的理性呢（起初，好像这种认知完全依赖于我们的理性）？

毋庸置疑，倘若一个人对自己有充分的认知，成功意识到自己在宇宙中所处的位置，他理应比其他人更好，更聪慧贤明、洞察事理、正直无私——一句话，比别人更品行端正吗？不过，是不是任何人都可以信誓旦旦地声称，已经对这种关系了如指掌；难道，最确定无疑的道德不正是潜藏在神秘莫测的无意识中吗？那些奥妙无穷的思想只是在我们的智慧中一闪而过，没有人认为，我们必须在旅途中获得回报，因为人们只是走马观花地浏览而已。无论这种理性多么一丝不苟，当它开始开辟自己的领地时，它所迈出的每一步都将超越界限。正是这种理性勾勒出思想之美的第一笔。除了这种理性之外，其余的部分并非和我们形影不离；不过，只有当理性获得活力时，其他的部分才能灵动起来。理性，智慧最惹人怜爱的女儿，必须矗立在精神生活的入口处；它的当务之急是打开入口下方的监狱之门，因为尚有一丝生机、昏昏沉沉的本能力量还囚禁在里面。它必须手持烛火，耐心地等待，它独自对付那些入口处和不符合光线性质的东西已经绰绰有余。在理性之光尚未降临的地区，蒙昧无知的生活仍在继续。这并未对理性造成任何困扰，实际上，它一直怡然自得……在上帝的眼中，它所向往的一切并没有逾越这道光芒四射的拱门，对此它一清二楚。这道拱门是它理想、思考甚至是行动的象征。对于它竭尽全力塑造的那个理想人物来说，无所谓增减。理性目不转睛地凝视着手中的烛火，它必须熊熊燃烧，在自己的岗位上坚守，使得远在天边的人也能够看到它的身影。

低级本能正在黑暗中喃喃细语，理性全神贯注地侧耳倾听。那些身陷囹圄的本能力量慢慢苏醒，其中的一些向入口处迫近，它们光芒四射，甚至连理性之光在它们面前也黯然失色。和理性手中那道熊熊燃烧的烛火相比，它们的光芒少了一些物质的熏染，更加柔和美好、纯净无瑕。它们是美德和仁爱那神秘莫测的力量，其他更加艰深晦涩的东西紧随其后，孜孜不倦地寻求自己的一席之地。倘若那时理性正矗立在入口处，它又能有何作为呢？如果它胆小懦弱，不敢独当一面，那么，它就会困惑不解、惊恐不安，以至于关闭大门。当大门再次打开时，它只能在黯淡无光的楼梯下，发现那些随风飘散的灰烬。但倘若它拥有坚定不移的信念，倘若从那些尚未可知的东西里面，它他的灵魂并非毫无价值，他的灵魂曾经也与人为善，并没有被所有的人视而不见，在世上悄无声息地匆匆而过。

His soul had not been without value; that his soul, too, had been good, and had not passed through the world unperceived of all men.

能够略有所得，至少明白，那些光线并不会将其置于险境，即便是那些光线立于不败之地，理性之光也能够随心所欲地生存，那么，在两种火焰交相辉映的入口处就会发生妙不可言的变化。陌生的油滴和人类智慧的油滴交融在一起，当心地纯真的陌生人从门口经过时，它的火焰会更加绚烂夺目、变幻无穷，在门口高耸入云的圆柱中，散发出更加纯净无瑕、辉煌灿烂的光辉。

众生的智慧

关于智慧本身的话题，有太多要说的。让我们探讨一下在芸芸众生的命运中存在的智慧，它从容不迫地向坟墓迫近，因为，圣贤的命运和那些卑鄙无耻、无所事事的人的命运比肩而立，所有的命运都纵横交织在一起。但在大麻线和金丝线泾渭分明、互不交织的那张网中，冒险活动却百年难遇。与降临到俄狄浦斯和身处埃尔西诺的那位王子身上的灾难相比，这里的不幸循次而进，不会让人望而却步。即便是在真理、公正和仁爱的围观下，不幸也毫无退缩的迹象。有一些人会开诚布公地承认，智慧很少给予那些连愚不可及、卑鄙无耻之人都推崇备至的忠实追随者任何恩惠，这些人丝毫不会狂妄自大或扼腕叹息。那些谈论智慧恩惠的人绝不会和这些人一样聪慧明达。实际上，圣贤只会悄无声息地经过人群，即便圣贤们会对人们的生活造成影响，那也是微乎其微。

如果智者停留的时间过于短暂，或者他们姗姗来迟，或许他们就不会遭遇不幸；或者，他们会和不可胜数的人自古以来积攒的、席卷八方的力量狭路相逢，他们不得不和这些力量相抗衡。对于那些至关重要的事情，他们也无能为力，创造不了任何奇迹。只有对那些生命的一般法则允许拯救的东西，他们才能伸出援助之手。或许，他自己也会深陷一场突如其来、气势汹汹的旋风中不能自拔，即使他会在这场灾难中遭受灭顶之灾，他依然会避免那场大多数人都难逃的厄运。至少在他临死之前——那场灾难降临几周、甚至几年之前——被迫绝望地看着自己的灵魂毁灭而束手无策。拯救某人——如果我们承认，人真的只有两次生命——并不意味着让他获得永生或无灾无难，而是要尽我们所能地让他修身养性，获得内心的安宁幸福。道德救赎才是最伟大的救赎。然而，好像所有的事情都是在灵魂那至高无上的山巅完成的，道德救赎看起来好像是一件微不足道的事情。诚心忏悔的窃贼也会得到救赎，这不仅仅是耶稣话语中的意思，也是他心底尽善尽美的意图。他总有一死，而且寿命也不会延长，但是，他却获得了永恒的幸福，含笑九泉。因为在弥留之际，他获得了爱。拥有无穷智慧的人宣称，他的灵魂并非毫无价值，他的灵魂曾经也与人为善，并没有被所有的人视而不见，在世上悄无声息地匆匆而过。

痛苦的奥秘

当我们深入研究生活时，我们就会发现越来越多痛入心脾、孤立无助的奥秘所在。我们周围的灵魂都无所事事、愚不可及，对此我们心知肚明。因为它们确信他们毫无价值，所有人都对它们不屑一顾、深恶痛绝；它们还确信，在它们的内心，没有任何东西值得去爱。即便仅仅因为它们拥有与生俱来、神秘莫测的天赋，总有一天，每一个灵魂也都会大胆说出它们的所见所闻、它们啧啧称赞的事物以及它们的仁爱之心；当它们对一切洞若观火、发现隐藏其下的力量、美德和真理时，它们会明白，谎言、缺点和罪行不过是表面现象。当引人注目的邪恶被认为是迷失了方向的美德，当背恩忘义被看作偏离了幸福大道的忠诚，当深仇大恨被认为是仁爱之心，在痛切的绝望中自掘坟墓时，幸福和神圣的时刻就到来了。到那时，毫无疑问的是，无论是与好人为伍的人，还是与坏人狼狈为奸的人，幸福都会与之同在。最卑不足道的灵魂也会被一本书、一句话或一阵沉默所拯救，而真正的幸福也会降临。对于它们来说，这是遥不可及的幸福的命运。它给所有人带来了苏格拉底式的遗忘，在夜幕降临之前，人们都会将那个在夕阳西下前必须饮尽的死亡之杯置于脑后。

内在生活

或许，内在的生活和我们想象的完全不同，内在生活和外在生活一样多姿多彩。那些立下丰功伟绩的人可以进入安静祥和的内心世界，只要是愿意，那些身卑言轻的人也能够在这一区域自由出入。通往那里的大门并不总是智慧之门。或许，我们已经对这样的事情习以为常，学识渊博的人想要叩开这扇大门却无功而返，而在大门内侧做出回应的人却目不识丁。最确切无疑、持久永恒、妙不可言的内心生活，一定是在灵魂中最纯净的东西的协助下，由意识循序渐进地树立起来的。智者明白，此类生活应该在日常零星琐碎的事情中日滋月养，那些日常生活中的欺骗和背叛只会让他变得更加聪慧：对于他而言，邪恶不过是为爱锦上添花，那些于艰难困苦中发现照耀灵魂的光束的人，那些眼光从不停留在笼罩在自己身上的阴霾的人，他们都是智者。但更加聪慧豁达的是这种人，对于他们来说，艰难困苦和甜蜜幸福不仅能带来意识的增长，而且还使他们意识到，世间存在着某种比意识更优越的东西。意识到这一点就意味着我们已然到达内在生活的山巅，最终，我们将在那里俯瞰所有的火焰，这些火焰曾在我们攀登时伸出援助之手。但是，只有为数不多的人才能到达山巅，幸福或许在下面某处不那么金碧辉煌的山谷中就能获得。

在那个山谷中，生命的火焰正在悄无声息地燃烧。那里依旧存在着许多艰深晦涩的东西，但这些东西都能找到自己的避难所。有些人出于本能，为自己塑造了内在的生活；还有一些人，他们丧失了积极主动的精神和生活的智慧，从未发现通往自己内心的道路，也没有意识到他们的避难所中容纳的一切。但是，相比于那些智力堪比世间任何珠宝的人来说，他们的行为却如出一辙，没有任何差异。有些人一心向善，虽然他们不知道自己向善的原因，但他们丝毫不怀疑，在至高无上的意识中，善是一颗闪耀的恒星。当灵魂向善，而不是智力成熟时，因为在这种幸福中，也只有在这种幸福中，意识和爱合二为一，相互扶持；它们的付出总能获得回报。

For in this joy, and in this joy alone, do consciousness and love become one, feeding each on the other, each gaining from that which it gives.

内在生活开始萌动。有些莫名其妙的是，邪恶从来不是这种内在生活的源泉。对于一些人来说，内在生活绝不是为那些灵魂不再高尚的人准备的。或许，他对自我有充分的认识，或许，他对规避善行的原因一清二楚，他仍会徒劳无益地寻求避难所，寻找可以依靠的力量，寻觅无形幸福的财宝。这些东西内化为他的财富，可以毫不畏惧地直击他的内心。内在生活中洋溢着灵魂的喜悦，但是如果灵魂不具备某种纯洁的东西，它也对这种东西不屑一顾的话，它永远都不会快乐。它们也许会做出错误的抉择，但即便如此，和那些根本没有选择的灵魂相比，它们还是会更幸福。

灵魂的幸福

因此，如果我们让一个人幡然醒悟，让他对邪恶的热情有所减弱，我们真的是在挽救他吗？或许，我们只是帮助他在他的灵魂深处，构建起一座避难所。在这座避难所内，命运只能无济于事地挥舞着他的武器。这座避难所是意识的纪念碑；或者，它是爱的纪念碑，因为爱无非是在混沌的状态中寻找自我的意识罢了，而真正的意识不过是从阴影中脱离出来的爱而已。

正是在这个庇护所最幽深隐蔽的角落，人们点燃起妙不可言的幸福之火。灵魂的这种幸福和其他幸福没有丝毫相似之处，正如真实存在的火焰能够驱散给人们带来灭顶之灾的疾病，灵魂的幸福也会赶走居心不良的命运带来的阴霾。它不是从外在的幸福中产生的，也不是从志得意满的自我之爱中衍生的。因为随着灵魂越来越高尚，自我之爱能够获得的幸福就会越来越少。但是灵魂越来越高贵，纯粹之爱也会与日俱增。这种幸福也不产生于自豪，因为能对幸福之美喜笑颜开并不能给灵魂带来幸福。

对自身深入探索的灵魂有权利了解自身的美，然而，如果对这种美念念不忘，就会使美的概念过分清晰，从而使爱的无意识中的其他东西处于下风。我所说的幸福并不源于强加在意识之上的爱，因为在这种幸福中，也只有在这种幸福中，意识和爱合二为一，相互扶持；它们的付出总能获得回报。或许，只有在历经艰苦卓绝的努力之后，禀赋异常的人才有可能明白：幸福不是自我满足、不思进取的肉体所能企及的，但对于那些灵魂变得越来越高尚的人所拥有的幸福，那些努力拼搏的才智往往不予承认。这两者往往联合起来，共同修筑内心的大厦。双方各扫门前雪的事情也不足为奇，于是，最终双方修造起来的建筑物存在天壤之别。倘若事情果真如此，世界上我挚爱的人跑来问我，在我所拥有的那些固若金汤、温馨甜蜜、深邃隐蔽的避难所中，他应该如何抉择，毋庸置疑，我给他的忠告一定是，将他的命运安放在那些变得日益高尚的灵魂中。

圣贤的痛苦

圣贤从来不会遭受切肤之痛吗？暴风雨从来不会把他居所的屋顶掀翻，也从来不会有人设下天罗地网要诱捕他吗？他的妻子和朋友从来不会让他大失所望吗？他的父亲会长生不老吗？他的母亲、兄弟和儿子难道不会向其他人一样，终究会迎接死亡的到来吗？天使们会守卫每一条要道，不让悲伤占据人们的心灵吗？当耶稣伫立在阿扎勒斯的坟墓前，他不会失声痛哭吗？马可·奥勒乌斯不会因为他的儿子克康茂德已经显示出要变为怪兽的迹象而深感痛苦吗？不会因为他一生挚爱的妻子福斯蒂娜对他不屑一顾而心如刀割吗？鲍罗斯·埃米利乌斯和提莫莱昂同样富甲天下，难道如同千钧重负的命运就不会降临到鲍罗斯·埃米利乌斯头上吗？他的两个儿子就不会死于非命吗？他们一个死于他征服罗马前的第五天，一个在他征服罗马后的第三天也暴毙而亡。那么，庇护所是为何物？智慧又在何方守护着幸福？我们应该收回我们所说的话吗？智慧仍旧只是一个幻想，在智慧的协助下，灵魂欣然前往，对理性百般抚慰，证实种种被经验拒之门外的种种渴望，也会和理性针锋相对？

灵魂中的情感

不，实际上，圣贤们肯定会遭受切肤之痛。只不过他承受切肤之痛，这痛楚就变成其智慧的一部分。或许，他会比大多数人承受更多的痛苦，所以他的品性才会锻造得比一般人健全得多。由于智者贴近所有人的生活，他所承受的痛苦也就更为剧烈，因为他对所有人的悲痛都感同身受，怀有恻隐之心。他必须承受肉体、心理以及精神上的痛苦，这些痛苦涵盖了方方面面，以至于尘世中没有任何一种智慧可以与命运相抗衡。因此，他坦然接受了自己的痛苦，但他并不因此而灰心失望。那些在痛苦面前畏缩不前的人，命运会强加给他们一条锁链，但这锁链并不是为智者准备的。他们不明白，痛苦不过是另外一位身居高位的要人派来的信使而已，只是旅途曲曲折折，遮挡了人们的视线。毋庸置疑，圣贤也会像他的邻居一样，由于信使野蛮刻毒的话语而从睡梦中惊醒，也会由于震耳欲聋的敲门声而胆战心惊；他不得不平心静气地和信使交涉。在侧耳倾听时，他的双眼并不紧盯着这位带来噩耗的信使，他的目光有时会掠过信使的肩膀，偶尔也会扫视一下远在天边的灰尘，寻找着近在眼前的伟大思想。

的确，我们在思考命运这个话题时，我们被幸福感前簇后拥时，我们不会感到有什么灭顶之灾会突如其来地降临到我们身上。当灾难降临时，事情的格局必然会发生翻天覆地的变化。同样，在这些灾难将我们内心的勇气消磨殆尽之前，在我们的内心深处，我们必须战胜我们敬若神明、交口称赞、爱不释手的一切东西。在我们的灵魂深处存在着一种思想和情感，我们自己并不会将它从宝座上拉下来，但什么样的外来力量能够将这样的思想和情感驱逐出我们的灵魂？除了身体上遭受的痛苦之外，除非这种悲痛能够穿越我们的思想，否则，它绝不会触及我们的心灵。我们的思想从何处获得武器，来攻击对手，保卫自己？我们蒙受巨大的苦难，但这很少是由于苦难本身，而是源于我们接受这种痛心切骨的苦难的方式。一个思想家，他的目光从来不会在那个冷酷无情的信使的肩头停留，他曾说过："他的不幸都是自己造成的，因为一切不幸都源于我们内心，我们自己才是始作俑者。我们的错误在于，我们相信，一切不幸都源于外部。实际上，的确是我们自己给自己造成了困扰，不幸正源于我们自身最本质的东西。”

生活中的黑暗

只有以这样的方式面对事情时，积极活跃的力量才会在我们内心萌动。我们可以召集起10个人，让他们遭遇和鲍罗斯·埃米利乌斯同样的不幸——在生活安富尊荣之际遭受丧子之痛。那么，这不幸就会因人而异。不幸会直击我们内心，但不幸必须要对我们俯首听命，接受我们的掌控。即便它发现这个命令镌刻在门槛上，它也会四处散布。消息的散布会引发灾难，或者有所斩获。如果命运让我的邻居——一个凡夫俗子——对生活充满了热切的希望时，他失去了他的两个儿子，那么，黑暗会在不知不觉中弥漫他的整个生活，任何光线都不会让他的生活重见光明。不幸对于不费吹灰之力而获得的成功甚是不屑，因为它只会留下少量毫无价值、暗淡无光的灰烬。无须再次见到我的邻居，我就能意识到，不幸带给他的仅是琐碎无聊而已。在那些温馨甜蜜的岁月里，灵魂将我们的东西贡献出去，而今，不幸仅仅又把那些东西归还给我们而已。

神秘的命运

然而，这正是鲍罗斯·埃米利乌斯遭遇的不幸。为了庆祝胜利，罗马城内人声鼎沸，灯火通明。罗马城在等待着即将发生的事情，心中惶恐不安、不知所措。如果众神向圣贤们公然挑衅，那么圣贤将如何应对？英雄们会因不幸而心力交瘁，还是不幸会服从主人的权威？在这样的时刻，人类意识到，命运在又一次实验它手臂的力量；倘若它打击的目标丝毫没有受到损害，它的行事方式一定会发生某种变化。此时此刻，人们都忧心如焚，凝视着首领们的眼睛，询问应付无形力量的口令。

然而，鲍罗斯·埃米利乌斯却聚集起一众罗马人，他表情凝重地朝他们走去，然后，他宣布："对于人类的一切，我都无所畏惧，但我总是对老奸巨猾、变幻莫测的命运心怀恐惧。正像在这场战争中，命运像一阵狂风，协助我攻城略地、席卷四方，但我仍期待事情能有所变化和逆转。有一天，我途经艾奥尼亚海，从布林迪西出发到达科孚岛。从那以后，我花了 5 天多的时间在特尔斐参加献祭仪式，其余 5 天就待在马其顿军中。

为了净化军队，完成例行的献祭仪式之后，我着手履行自己的职责。在接下来的15天的时间内，我投入战场，为荣誉而战。但我仍然对命运嫉妒不已；甚至即使战事一切顺利，自己全身而退，没有任何外部军队威胁着自己的安全，我仍然心存畏惧。当军队凯旋班师，运载着不计其数的战利品，押送被俘虏的国王时，我害怕海洋女神会兴风作浪，令我措手不及。实际上，当我安然无恙地回到你们身边，看到这座城市变成欢乐的海洋，普天同庆，祭拜祖先，我仍然半信半疑。因为我清楚地知道，命运从不会施舍给人类纯一不杂的深仁厚泽，而不掺杂任何逆转的可能性。我的头脑在不停地转动，总是预想着会有一些事情会降临到这座城市，否则，它将永远处于惶恐不安的状态中。直到我自己的家庭遭到天大的不幸，在那些专门庆祝胜利的日子里，我亲手将我最钟爱的两个儿子，我仅有的法定继承人，一个接一个地送往墓地。因此现在，就我最为关心的事情而言，我已经摆脱了危险。我由衷地相信，随着时间的推移，命运将会证明，它对你始终没有恶意。在我们建立丰功伟绩之时，命运在我和我儿子身上充分发泄了它的嫉妒之情，在征服者身上烙下了人类飘摇不定的记号，征服者的命运和他押送的被俘者没有什么不同。唯一的不同是，被征服者佩尔修斯尚能享受天伦之乐，而征服者埃米利乌斯却要承受丧子之痛。”

不幸的降临

这就是罗马人接受天大的不幸的方式。不幸总是在人类对其感受最为敏感时降临到人类头上，换句话说，在人类感到最幸福的时刻降临到人类头上。接受不幸的方式多种多样。实际上，如同这个世界上能够发现的思想和情感那样丰富多彩。每一种思想，每一份情感都手持一柄魔杖，这把魔杖在一开始就改变了不幸的特征和外表。约伯总是说：“主赐予的，主又将它取回，神圣的是主的名字。”马可·奥里勒乌斯或许会说：“如果我不再被允许爱那些我挚爱的人，那么，毫无疑问，我将试着去爱那些我从未爱过的人。”

理性的无奈

我们不要以为那仅仅是他们自我安慰的空话，是徒劳无益地想去掩饰伤口、最终却鲜血淋漓的空话。但倘若事情果真如此，倘若空话真的能安慰人，也肯定比丝毫安慰的话都没有要好得多。此外，倘若我们不得不承认一切都是幻觉，公平起见，难道我们不应该也承认，幻觉是灵魂唯一拥有的东西吗？到底是以何种其他幻觉的名义，我们贸然行事，轻率地对这种幻觉做出如此高的评价？啊!当夜幕降临，我所提到的那些德高望重的圣贤们回到他们空空如也的居所内，神情落寞地看着壁炉周围的椅子——他们的儿女曾在那里嬉戏玩耍，现在却再也看不到了。那么，说真的，他们也不能完全从悲伤落寞中摆脱出来。对于那些并没有被磨难锻造出崇高思想的人来说，这些悲伤来势汹汹、不可避免。把一种他们所不具备的美德归因于妙不可言的感情和思想是错误的，比如说，他们因无法自抑流下的泪水，那些连智慧都无法抚慰的圣洁时光。我们最后重申一遍，痛苦无可避免，因为痛苦永远存在、不可磨灭，但痛苦会为我们带来什么，依旧取决于我们的选择。

我们不要以为这种无形的选择真的微不足道，不要以为对于那些人眼无法企及的原因和不幸，这种选择也无法给予慰藉。一切道德上的欢愉都取决于这些微不足道的小事，而比起智力上或身体上的欢愉，道德上的欢愉更加发人深省。把英雄心中的豪情逸致用文字表达出来，看起来是一件多么微不足道的事情啊！小加图有关责任的思想使一个地广人稠的帝国动荡不安。血流成河，和这些灾难相比，他那思想本身就不值一提了。难道加图的思想远没有那场动乱以及随之而来的死亡影响深远吗？即使如今，难道我们不认为加图是正确的吗？即便人类不会理性地看待他的思想，即便他的思想看起来如此荒诞不经，然而，他的生活真实崇高、幸福快乐，难道不正是由于这种思想吗？一切让我们的生活变得崇高的东西、一切我们奉若神明的东西、我们美德的主要动力，甚至是强加在错误和恶行上的感情极限——如果用理性来冷眼旁观，对所有的一切都不屑一顾。然而，正是它们构成了支配人类生活的基本法则。如果我们与理性不屑一顾的种种真理背道而驰，那么，我们的生活能否继续？甚至是最卑微的人也会遵从其中的一条真理行事，他遵从的真理越多，他就会变得越高尚。

刺客会振振有词地告诉你："的确，我犯了杀人罪，但至少，我并没有偷窃。"那些犯了偷窃罪的人，至少他们不会背信弃义，那些背信弃义的人，至少也不会出卖他的亲兄弟。因此，每一个人都坚持为他最后的一点精神之美提供庇护，只要他心中仍有退却的余地，在那里他永远会找到几滴纯净水，并且重新获得继续生活的动力，那么，他就不会如此堕落。在此，理性再一次显示出它的无能为力，丝毫发挥不了安慰的作用，就像理性要在约伯的忍耐、马可·奥里勒乌斯的仁爱以及安提戈涅的牺牲前戛然而止一样，理性也不得不在窃贼的最后避难所前停滞不前。它踌躇不前、迷惑不解，它并不心满意足，但它清楚地知道，若是它起身反抗便是和光做斗争，在这束光面前，它只是一个阴影。因为在所有的事物中，它不过像是一个头顶骄阳的人，它的影子匍匐在它的脚下，它移动时，影子也追随着它的脚步；它站立或弯腰时，影子的形状也随之发生变化。然而，在笼罩着它的绚丽夺目的光线中，影子是它唯一能够发号施令、控制和拥有的一切。于是，理性在更强烈的光线下也能如鱼得水，影子并不会对平静自若、恒定不变的光线产生任何影响。马可·奥里勒乌斯和背信弃义的人之间有天壤之别，他们从同一口水井中汲取圣水，洗涤自己的灵魂，但这口井不存在于智力之中。说来也奇怪，道德生活并不源于我们的理性。任由理性支配其一切生活的人，一定是最卑微的人。没有任何一种美德、妙不可言的思想或慷慨激昂的行为，不把它们大部分的根源隐藏在远离可以理解和解释的东西之外。人类可以将他的每一个优点、每一份幸福以及全部的内心生活都追溯到那个他真正拥有的东西上，那件他可以依靠的东西上——一句话，他的理性。人类将以此为傲。然而，只要他愿意，那些最微不足道的事情的来临，会让他很快确信，理性并不能为他提供全部的避难所。因为，事实上，人类并非仅仅是纯理性动物，我们之间存在着天壤之别。

美德的作用

倘若我们并不是凭借理性来选择痛苦为我们带来的东西，那么，我们又是凭借什么做出的选择呢？我们凭借的是到那时为止的生活，是生活塑造了我们的灵魂。智慧终有一天会成熟，但过程极为缓慢，智慧的果实也不会在须臾之间就被收集起来。如果我的生活和鲍罗斯·埃米利乌斯的生活迥然不同，对于我而言，给他带来慰藉的那些思想并不会给我带来任何安慰；就算是所有的圣贤都不厌其烦地将这种思想重复给我听，那也是无济于事。我们言行和思想的一切特征和形式，在为我们擦干泪水的天使身上表现得淋漓尽致，尤其是，我们在不幸来临之前的言行和思想。

当托马斯·卡莱尔——尽管有些荒诞不经，但他仍不失为一位智者——失去了同甘共苦 40 年的妻子，他的至爱之人时，出人意料地将他心底的悲伤以妙不可言的方式转化为他的爱情往事。因此，那令人肃然起敬、不堪回首的痛苦，在他的自责、懊悔和无限温柔之中，既给他带来安慰，同时也使他饱受折磨，就像是在昏暗忧郁的海岸上沉思或祈祷。我们的痛苦痛彻心扉，对于在那些痛苦之中度过的岁月，我们有一个综合的评述，我们的痛苦或许摧心剖肝，或许温和轻柔、不值一提。如果生活中没有慷慨激昂的嘉言懿行值得我去回味，那么，在记忆泪流满面的那一刻终将到来之际，这些泪水中也不会有任何慷慨或高尚的影子。由于泪水本身并没有颜色，它才能更好地折射出我们过往的灵魂，这种折射将会变成对我们的惩戒或赞许。仅有一件东西不会让我们深陷痛苦，那就是我们的善行。当我们失去挚爱之人，那些关于我们爱得不够深切的记忆就会让我们流下最心酸的泪水。如果我们始终对一个逝者笑容满面，我们的伤痛就不会让我们悲观绝望，我们的泪水中也会带有些许甜蜜，唤起我们对美德和幸福的回忆。我们对真正的爱的回忆——这种回忆的确是包容万物的美德——同样会在我们的眼中唤起温柔甜蜜的泪水，像是那些唤起记忆的美好时光一样。首先，就像静待熔化了的青铜的模具，悲伤对每个人都是公平的，我们所有人的生活都期待着悲伤时刻的到来，因为只有那时，我们才能得到回报。

如果我们有片刻时间可以摆脱自己，去体会英雄们的悲哀，又会有多少人愿意再回到自己那肤浅的幸福中去呢?

Could we only escape from ourselves for one instant and taste of the hero's sadness, would there be many content to return to their own superficial delights?

幸福与不幸

在命运宝座的周围矗立着高耸入云的巨柱，如果靠近这些巨柱站立，我们就会再次发现，在远胜于它的智慧面前，命运的力量变得多么微不足道。因为命运尚未开化，许多人都能凌驾于它之上。平淡无奇的生活仍然会为它提供武器，但在今天看来，那些武器已经过时，而且十分粗糙。在外部生活中，命运进攻的方式一如往常，和俄狄浦斯的时代没有什么两样。它像一个双眼模糊、弯腰驼背的射手，直指其前方的目标。哪怕是目标比平时稍微高出一点，它的箭矢也会无力地垂落在地，不会造成任何影响。

痛苦、悲伤、泪水、遗憾，这些词的含义大同小异，这都是我们为感情所起的称谓，感情则是因人而异。如果我们对这些词汇、这些感情深入地调查研究，我们就会发现，这些不过是我们的错误遗留下来的痕迹。这些错误是高尚的（就像是存在弄巧成拙、微不足道的美德一样，也存在着高尚的错误）。和那些意识仍旧局限在狭窄阴郁范围内的幸福相比，我们的悲伤要更接近于真正的幸福。这种高尚的悲伤洋溢在卡莱尔的心中，像花儿一样深情怒放，他愿意用这样的悲伤来交换他的邻居那肤浅阴郁的婚姻幸福吗？尽管那是他最幸福的邻居。欧尼斯特·勒南因他姐姐亨丽埃塔的去世深感悲痛，和成千上万对姐妹漠然视之、心中没有悲痛的人相比，他难道不更应该对他会哀悼的灵魂心存感激吗？我们会对那些在茫茫大海边哭泣的人报以同情吗？我们会对独自一人待在自己的小房子里，终其一生都在无因由地微笑的人报以同情吗？“幸福、不幸”——如果我们有片刻时间可以摆脱自己，去体会英雄们的悲哀，又会有多少人愿意再回到自己那肤浅的幸福中去呢？

是不是只有我们才拥有幸福和不幸呢？甚至在它们似乎来自于外部时，也是如此吗？或许，根据我们内心的想法，周围的一切会变成天使或恶魔。圣女贞德与圣人交流，麦克白和女巫对话，他们的语气毫无二致。我们在此窃窃私语，但谈及的命运和我们心中所思可能完全不同。命运仅有我们赐予它的武器，它既不公正不阿也不偏听偏信，它也不会利用自己的职权对人类进行审判。我们对它敬若女神，而它不过是一位乔装打扮的信使，当我们必须对自己做出判决之时，它的到来仅仅是要提醒我们，在某些过去的日子里，时钟已然敲响。

命运的评判

那些低人一等的人肯定不会自我评判，因此，只有命运来对他们进行评判。命运对他们保持着恒定不变的苛责，而他们不过是这种命运之下的一名可怜兮兮的奴隶。只有人类进行自我评判时，才有可能改变自己的命运。对于这样的人来说，他们并不能独自掌控或扭转他们遇到的事情，不仅如此，他们的道德反而在遭遇到第一件事情时就发生了变化。倘若不幸真的降临到他们头上，他们也只能摇尾乞怜、卑躬屈膝了。不幸和他们形影不离，他们摆出了一副可怜兮兮、普通寻常的样子；或许，在任何微不足道的事情上，他们都能发现命运的身影，比如一次寻常的职业选择，一份近在眼前的友谊、一个微笑着擦肩而过的女士。对于他们而言，机会和命运合二为一，但如果以接受命运的方式来迎接机会，那么机会只能姗姗来迟，甚至擦肩而过。我们空虚的内心立刻被充满敌意的力量占据，而不是被灵魂的力量填充。任何思想或内心的空虚都会演变成毁灭性影响力的源泉。歌德笔下的玛格丽特和莎士比亚笔下的奥莉利亚不得不逆来顺受地接受命运，臣服于命运的安排。她们如此软弱无力，映入她们眼帘的每一个手势都好像是命运在向她们招手。但是，如果她们拥有一丝安提戈涅的力量——索福克洛斯笔下的安提戈涅，那么，她们难道就不会改变自己的命运，就像是改变了哈姆雷特和浮士德的命运一样？如果奥赛如果它要征服那些公正无私的人，就必须寄希望于高尚的行为，只有那样，命运前进的路途中才不会阴霾密布。

But would she subdue the upright, she needs must desire noble acts, darkness then will no longer enwrap her approach.

罗迎娶的是高乃依笔下的波淋，不是苔丝狄蒙娜，而其他依然如故，那么，苔丝狄蒙娜的命运敢于靠近波林的启蒙之爱吗？冷酷无情的宿命潜藏在何处，是身体还是灵魂之中？虽然身体在增加自己力量时常常束手无策，难道灵魂也是如此吗？我们越是沉思于此，一个事实就愈加清晰：或许，只有一种命运能够凌驾于人类之上，并且有足够的能力向所有的人大声疾呼："从此刻起，没有任何一种力量能进入到你们的灵魂，你们的灵魂也不会更加高尚。"然而，世界上有哪一种命运掌握了这门语言？

灵魂的力量

灵魂那席卷八方的力量经常会惩罚美德，加速不幸的到来，或许，因为我们爱得越深，那崇高的悲伤给予我们的影响就越大。然而，圣贤们依然在锲而不舍地扩大这种影响。的确，我们不得不承认，命运不会永远满足于蛰伏在黑暗中，它那双冷若冰霜的手不时在光明中徘徊游荡，以便将更多的受害者攫取其中。我已然将安提戈涅那悲剧性的名字抛在脑后，毫无疑问，许多人会说："尽管她拥有伟大的力量，但她还是沦落为命运的牺牲品，这不就是我们长期以来一直徒劳寻找的例证吗？”

我们必须承认，安提戈涅落入到冷酷无情的女神手中，因为在她的灵魂中，潜伏着比普通女人强大两倍的力量。她香消玉殒，因为命运注定要她在死亡和不可推卸的责任之间做出选择，而这种责任就如同她的姐妹一般重要。她突然发现，自己在爱和死亡之间进退两难，这是一种纯净无瑕、公正无私的爱，爱的目标直指她在尘世中未曾见过的一片阴影。因此，如果命运能够将其引诱到由责任和死亡构筑的蓄意谋杀的陷阱中，那也仅仅是因为她的灵魂远比其他的人高尚，看到了横亘在她眼前，由责任构筑的障碍。这道障碍无限延伸、不可逾越。对于她那可怜的姐姐伊丝米尼来说，即便是这道障碍展示在她面前，她也茫然无知。当她们两个都站立在宫殿的入口处，聆听同样的声音，安提戈涅只听到来自上方的声音，因此她香消玉殒，而伊丝米尼只听到来自下方的声音，她得以存活于世。某种使奥菲莉亚和玛格丽特麻木不仁的弱点灌输到安提戈涅的灵魂中，那时，灵魂是否认为将死亡召唤过来是大有裨益的，就像俄狄浦斯的女儿在克里昂宫殿的入口处传达的命令一样？正是由于她灵魂的力量，命运才能够最终取胜，也正是这一点给那些明智之人和公正无私的人带来安慰。对于英雄们来说，命运只有依靠强迫他们一心行善，才能达到征服他们的目的。其他人就像是拥有百道城门的城市，命运发现疏于防守的一道门，然后破门而入。而言行正直的人就像是一座固若金汤的城市，它只有一道城门——光之门，这里平时也是大门紧闭，直到爱受到引诱前来叩门，请求进城时，城门才会开启。

如果命运要强迫其他人俯首听命，它无须其他，只要有恶行就够了。如果它要征服那些公正无私的人，就必须寄希望于高尚的行为，只有那样，命运前进的路途中才不会阴霾密布。正直无私的人在光线的照耀下安然无恙，命运想要获胜，只能寄希望于更绚丽夺目的光线——命运变得比它的受害者还要优美典雅。命运将凡夫俗子置于个人的悲哀和别人的不幸之间，然而，为了控制英雄或圣贤，命运必须让他们在大众的幸福和降临到自己身上的不幸之间做出抉择。在令人厌恶的东西的协助下，命运向普通人发起围攻，但要对付不寻常的人，它必须要凭借世间最神圣高尚的东西。对付普通人，命运有成千上万种武器，甚至路上的基石就可以成为不幸的发动机。对于其他人，它只能用不可抗拒、金光闪闪的责任和真理之剑加以进攻，在安提戈涅的故事里，我们发现了关于智慧的命运帝国的全部传说。为我们献身的耶稣、纵身跃入深渊的库尔提乌斯、拒绝如果我们不认为命运和死亡密不可分，那么，我们就只能把命运和比死亡更加深重的灾难联系在一起了。

If we do not regard it as being inseparable from death, it is only to connect it with disaster even greater than death itself.

停止传授学问的苏格拉底、为照料病人而献出自己生命的善良护士、竭尽全力拯救同伴而献出自己生命的卑微的徒步旅行者——他们都被迫做出抉择。所有这些人的胸膛上都镌刻着安提戈涅光荣创伤的印记。确实，那些生活在光明中的人同样面临着旦夕之危，对于那些在自我牺牲面前退缩不前的人来说，智慧也面临着危险。或许，他们这种在自我牺牲面前的退缩并非明智之举。

命运与死亡

在读出“命运”这个单词时，所有人的脑海中都浮现出了一个阴郁恐怖的形象——死亡的形象。在他们的头脑中，他们本能地将命运看作直接通往坟墓的小路。当命运之手尚未可见时，在更多的情况下，命运只是人类赋予死亡的唯一名称。命运就是在未来若隐若现的死亡，就是笼罩在生命之上的死亡阴影。当我们听到死亡在曲曲折折的旅途中等待行人时，我们不禁大声疾呼：“没有人能逃脱自己的命运。”可是，倘若行人在旅途中洋溢着幸福，我们通常不会将其归因于命运，如果我们这样做了，那么，我们心中一定有一个截然相反的女神。然而，在生命高速行驶的过程中，我们所遇到的那些比任何不幸都要伟大，甚至比死亡还要重要的东西，难道不是幸福吗？难道我们就不会遇见眼力之外的幸福吗？当幸福到达更高的顶点时，它会比不幸更加模糊，在人类眼中变得更加隐约，这难道不是幸福的本质吗？但是，我们却对此视而不见。整个乡村、城镇的人都会聚集在某种悲惨的冒险活动发生的地点，却没有人愿意稍作停留，将他们的目光聚集在一个深情之吻、一道赏心悦目的美丽的风景、一缕点亮心底的爱之光线上。然而，这个深情之吻或许会产生巨大的幸福，程度和受伤之后的痛苦不相上下。我们并没有持平而论，没有把幸福和命运联系在一起；如果我们不认为命运和死亡密不可分，那么，我们就只能把命运和比死亡更加深重的灾难联系在一起了。

死亡与幸福

如果我论及俄狄浦斯、圣女贞德、阿伽门农的命运，你定不会对他们的生活加以深思，而只是全神贯注于这些人最后的时光——踏上死亡之路。由此，你肯定会毫不犹豫地坚持，他们的命运是最具悲剧色彩的，因为他们的结局是悲惨的。然而，在总结一个人的命运时，为什么我们总是把焦点放在他流下的泪水上，却对他幸福的笑容视而不见呢？

Why when we try to sum up a man's destiny, keep our eyes fixed only on the tears that he shed, and never on the smiles of his joy?

你忘记了，虽然死亡绝不会让人感到幸福，我们仍需对生活做出评价。仿佛死亡淹没了所有人。如果意外事故使得30年的幸福时光戛然而止，那么，这30年的时光一定会在一个阴郁悲伤的时刻从我们眼前抹杀掉。

圣贤的命运

认为命运仅仅和死亡与灾难紧密相连，这种看法大错特错。我们什么时候才能相信，重要的不是死亡而是生活，幸福远比不幸重要呢？在总结一个人的命运时，为什么我们总是把焦点放在他流下的泪水上，却对他幸福的笑容视而不见呢？我们从何处得知，死亡决定生命的价值而不是生命决定死亡的价值呢？我们对苏格拉底、邓卡特、安提戈涅，以及许多生命高尚的人的命运深感遗憾，我们表示遗憾是因为他们生命的终结实在太出乎意料，令人目不忍睹。我们不得不承认，在美德和智慧面前，不幸占据了上风；但是首先，如果你在智慧和公平之中只探求智慧和公平，而无暇顾及其他的话，那么，你就是偏听偏信，而且这也绝非明智之举。此外，我们有什么权利仅凭一个人死亡前的时刻来评判他的整个人生呢？从苏格拉底和安智者的不幸可能与普通人的不幸大同小异，然而，智者的幸福和常人眼中的幸福却有着天壤之别。

The sage's misfortune may often resemble the one that befalls other men; but his happiness has nothing in common with that which he who is not wise terms happiness.

提戈涅的不幸结局中，我们为什么就能得出结论说，是智慧和美德导致了他们的不幸呢？死亡比出生占据了更多的生命空间吗？当你对圣贤们的命运苦思冥想时，你并没有把圣贤们的出生考虑在内。幸福和不幸源于我们一生中的所作所为，我们并不是在他的弥留之际，而是在此前的无数日夜、月月年年中洞察出一个人真正的幸福与不幸——一言以蔽之，他的命运。我们似乎在想象，圣贤们令人目不忍睹的死亡在史册中留下了浓墨重彩的一笔，却终其一生都在等待着智慧为其准备好的结局。但实际上，相比于邪恶对智者造成的困扰来说，智者对死亡的思考所造成的困扰要小得多，麦克白比苏格拉底更有理由惧怕不幸的结局。麦克白的死亡是不幸的，但至少他的生命并没有在阴郁暗淡中度过，他也没有像一般的领主那样，在临终之际只是一味等死。然而，我们却很难不相信，流血长达数小时之久的伤口，一定会把一生中的安宁冲刷殆尽。

智者的不幸

我不会佯装说，命运对每一个人都是公平的，一定会惩恶扬善，赏罚分明。哪一个灵魂有十足的把握声称，为善一定会有好报？可是当我们评判命运时，我们甚至比命运还要偏听偏信。我们满眼皆是圣贤们的不幸，因为不幸众所周知，却对他的幸福视而不见。因为我们竭尽全力去衡量智者和公正无私的人的命运，要理解他们的幸福，我们拥有的智慧和正义必须和他们不相上下。当一个灵魂低劣的人对一个圣贤的幸福做出评价时，这种幸福就如同流水一样穿过他的手指。可是，它在另一个圣贤的手中，就如同黄金一般贵重，并且散射出灿烂夺目的光彩，因为他能够充分理解命运赋予每一个人的幸福。智者的不幸可能与普通人的不幸大同小异，然而，智者的幸福和常人眼中的幸福却有着天壤之别。幸福中的许多领域是不幸无法涉及的，对于所有人来说，不幸的声音毫无二致，但幸福愈是深沉，它就会愈加沉默。

我们把我们的不幸放在天平的一端，在天平的另一端，放置所有我们认为是幸福的东西。尚未开化之人将羽毛、火药、酒精等放置在天平的一端，文明开化的人则将金子、几天疯狂的时光放在那里。不过，智者一定会在上面放置无数我们看不见的东西，或许，是他整个灵魂，甚至是被他的灵魂净化过的不幸。

为了让我的灵魂自由，为了给我的思想带来安宁，为了启迪我的心灵，我无须凭借任何运气。

I stand in no need of good fortune in order to free my soul, to bring peace to my thoughts, to enlighten my heart.

沉默的幸福

在这个世界上，没有什么比幸福更加公正无私，也没有什么会更加忠实地采纳我们灵魂的形式，或者如此小心翼翼地填补我们的智慧公开依附的空间。然而，在世间一切事物中，幸福是最沉默的。不幸的守护天使精通每一门语言、每一个单词它都烂熟于胸。然而，除了对野蛮人的幸福稍有提及之外，幸福的守护天使总是静默不语。自从不幸降临到这个世界上，几个世纪已悄然流逝。以现在的眼光来看，幸福几乎也尚未从襁褓中走出。许多人已经学会如何幸福地生活，但是，为什么不存在这样的人：他们的巨大幸福激励着他们以沉默天使的名义抬高他们的声音，这些天使让他们的灵魂笼罩在一片光明之中？哪怕我们只是谈论幸福，难道我们就不是在传授幸福吗？只要我们无时无刻不在呼唤着幸福的名字，我们不就是在乞求幸福吗？那些幸福之人的首要任务不就是要将自己的喜悦和他人分享吗？所有人都能学会如何幸福，将幸福传授给他人易如反掌。如果你周围的人天天乞求幸福的生活，不久之后，你也会乞求生活降临于你的生活中。

笑容和泪水一样，都具有传染性。每一个时代的人都有属于自己的幸福，每一个时代都有一些人，对于自己的幸福有着深入的理解。幸福无处不在，只是我们对它的存在茫然无知。如果我们不知道自己拥有幸福，那么，再大的幸福对我们来说也是无谓之物。比起那些近在眼前、却无法直击我们心灵的巨大幸福来说，那些能被我们意识到、微不足道的小小喜悦中蕴含着更大的幸福。仍有许多人认为他们所拥有的不可能是幸福，因此，幸福的人的职责就是向其他人表明，他们仅有的那些东西，在其他人内心深处同样具备，变得幸福只不过是要将自己的灵魂从幸福的不安中摆脱出来。

这样的情况妙不可言：假如间或会有这样一个人朝我们走来，命运已经赋予他耀眼夺目、超出人类能力之外的幸福，所有人都会用嫉妒的眼神注视着他。如果他只是简洁地告诉我们："你们每天乞求的一切我都已经拥有：我拥有财富、青春和健康，我拥有赞誉、权力和仁爱，倘若我现在真的可以声称自己是幸福的，那并不是缘于命运赐予我的礼物，而是我从这些礼物中学到，我应该把目光停留在远在幸福之上的东西上。如果每次奇妙的旅行和不可思议的胜利、我的力量和我所拥有的爱都能够给我带来我所寻求的安宁和喜悦，这只是因为它们已经教会我，在它们之中，我根本无法找到真正的幸福和安宁。在我获得这些东西之前，它们已然存在于我的内心；在我获得一切之后，它们依旧驻扎在我的内心深处。我清楚地知道，只要稍微发挥一下我的智慧，我就能够享有我所拥有的一切，不需要任何运气的帮助。今天的我比昨天更幸福，因为最终我学会了，为了让我的灵魂自由，为了给我的思想带来安宁，为了启迪我的心灵，我无须凭借任何运气。”

幸福在于行动

尽管没有超出人类能力之外的幸福降临，然而，圣贤们对此还是心知肚明。虽然正直无私的人没有圣贤们那般聪慧，虽然他们的意识发展的不如圣贤们那般成熟，他们对此也一清二楚。因为善良公正的行为产生一种不可言说的意识，这种意识往往比从思想的最深处萌发出来的意识更加有效、更加准确、更加忠诚。首先，这种行为自然而然地产生了一种对幸福的特殊认识。或许，不管我们多么努力，我们最崇高的理想变化无常、飘忽不定，但是一束明亮的善行之光却在有规律地闪耀，恒久不灭。时常有这样的情况出现，所谓深刻的思想不过是虚构的意识，但慈善事业和英雄的壮举却是真实存在的意识；换句话说，幸福在于行动。马可·奥勒利乌斯的幸福在于宽恕了别人对自己的严重侮辱；华盛顿的幸福在于，当他害怕自己的荣耀会将人民引入歧途时，他放弃了自己的权力。这两者的幸福和那些卑鄙无耻、居心不良的人所拥有的幸福有天壤之别。或许，这些人所谓的幸福（如果事情可以这样假设的话）不过是凭借偶然的运气，发现了某种不合常理的自然法则而已。

从心满意足的大脑到安静平和的内心，还有很长的路要走，只有这种幸福才能滋养灵魂，就像是抵御暴风雪的甲胄一般。幸福好似一株植物，这株植物在道德生活中远比在智力生活中要茂盛得多。意识——尤其是幸福的意识——不会选择智力作为它最珍视的珠宝的藏身之处。通常，那些在智力领域看起来至高无上、给人百般抚慰的东西，只有在行善时才能转化为意识。在思想或事实的世界里并不足以发现新的真理，对于我们来说，一种真理，只有当它改变、净化、缓解我们灵魂中的某种东西时，它才真正地存在。意识的本质在于使我们意识到道德的进步，有些人精力充沛、富有才智，但他们的才智从来不用于发现错误或培养仁慈的感情，而且这种事经常发生在女性身上。如果男人和女人拥有同样的智力水平，女人一般很少将智力投入到获得自我的道德认知上。目标不在意识上的智力不只要我们能够耐心地倾听藐视和放弃发出的声音，只要我们能够忍受那些撞击我们心灵的痛苦，我们就会发现，我们依旧期待着那些长期以来被我们放弃的幸福。

So long as we listen to the voice of contempt or renouncement, so long as we suffer these to flood our heart with bitterness, so long must the joy we discard be a joy that we still desire.

过是在徒劳无益地拍打翅膀。如果在我们灵魂最纯洁的地方，大脑的力量并不能立刻聚集起来，那么，失败和堕落一定会随之发生。这种智力对于幸福茫然无知，不仅如此，它似乎还能够招致不幸。或许，智力是最崇高、最伟大的，但它永远也无法靠近幸福。但在文雅、纯净、善良的灵魂中，不幸永远找不到它的一席之地。或许，智力和意识之间的界限并非如同我们想象的那般清晰明了，即使一种完美的思想本身就是一种善行。但是，一个并非源于高尚行为的完美思想，一个并不能引发善行的完美思想，也不能为我们的幸福锦上添花。然而，即使一种善行无法萌生任何思想，这种行为却如同和风细雨一般落在我们对幸福的认识上。

放弃幸福

勒南在谈及马可·奥勒利乌斯放弃一事时惊呼：“这应该是他最后一次与幸福告别，因为他能够具备这种超凡的能力！没有人理解，那颗卑微可怜、悲痛欲绝的心灵到底承受了多少创伤，也不知道那苍白的额头到底隐藏了多少辛酸，他始终镇定自若，甚至面带微笑。的确，与幸福告别是智慧的开端，也是通往幸福最确凿不移的道路。当你放弃欢乐之后，欢乐又重新回到你怀抱时，没有任何东西比这种欢乐更让你感到甜蜜，就像是没有什么东西比幻灭之后，魅力能带给你的快乐更加高雅、更加强烈、更加深沉了。”

凭借这些措辞，一个圣贤描述了另一个圣贤的幸福，但是，马可·奥勒利乌斯的幸福真的如同勒南自己的幸福那样，仅仅源于放弃快乐之后快乐的回归，以及幻灭之后重新散发的魅力吗？倘若那样的话，我们的智慧最好还是稍减一些，我们最好还是糊涂一些。那些声称自己如此清醒的智慧希望得到些什么呢？这不是它们所寻求的真理吗？有一种真理，能够扼杀对真理的热爱，这种真理存在于忠诚的心灵深处吗？这种真理教导你说，人类是邪恶不端的，人类的本性就是偏听偏信，公平正义微不足道，仁爱软弱无力。但与此同时，如果这种真理并没有揭示一条更伟大的真理——这条更伟大的真理为你的幻灭投去了一束光线，这束光线比在你周围无数熄灭了的、若隐若现的光线还要明亮的话，那么，这条真理实际上并没有教会你任何东西。在我们声称的自我满足中，潜藏着无法言说的骄傲，这种骄傲是一种最卑微的骄傲。没有任何东西能让我们心满意足，因此这种满足也不过是一种不满足而已。它们心慵意懒，不愿抬起它们的头，无法理解这种满足的人，他们永远无法满足。

那些誓将抛弃一切幸福视为己任的人，不也同时放弃了那些尚未转化为幸福的东西吗？此外，在这个有几分佯装的告别仪式中，我们能够获得什么幸福呢？毫无疑问，放弃给他人带来痛苦的一切幸福是正确的。但是，给他人带来痛苦的幸福和圣贤眼中的幸福不可能长久地保持一致，当圣贤的智慧最终揭示出更深刻的幸福时，他抛弃了那些没有价值的东西，这不完全是无意识的举动吗？

对于那些以睥睨一切现存事物为基础的智慧或快乐，我们千万不能相信。藐视以及它那苍白无力的产物——放弃，仅会为羸弱不堪和老态龙钟的人提供庇护，其他人不会从中受益。只有当这种轻蔑完全处于无意识时，我们才有权去藐视快乐。然而，只要我们能够耐心地倾听藐视和放弃发出的声音，只要我们能够忍受那些撞击我们心灵的痛苦，我们就会发现，我们依旧期待着那些长期以来被我们放弃的幸福。

我们必须谨防某些寄生病毒侵入我们的灵魂。其中，放弃往往就是一只寄生虫，即使它不会削弱我们的内心生活，但势必会引发不安。就像如果有入侵者进入蜂房，蜜蜂就会停止工智慧付出一切努力，目标不过是想在生活中寻找幸福的支点，但在放弃中寻求这个支点并向幸福告别，无疑是在死亡中寻求支点。

The supreme endeavor of wisdom is only to seek in life for the fixed point of happiness; but to seek this fixed point in renouncement and farewell to joy is only to seek it in death.

作一样，当藐视或放弃入侵时，美德和灵魂的力量就会放下手中的任务，迫不及待地聚集在紧随骄傲而来的稀奇古怪的客人周围。只要放弃是有意识的，幸福就会在骄傲中找到它真正的源泉。对于那些一心想要放弃的人来说，他们首先最好将骄傲带给他们的快乐一并抛弃，所有的这些都不过是枉费心思、自欺欺人而已。

幻灭后的魅力

在一切可以企及的范围之内，这种“幻灭之后的魅力”既不要求胆识也无须耗费精力！当一个人放弃了给自己带来幸福的东西，宁愿现在就义无反顾地放弃幸福，也不愿意生活在惶恐之中，生怕命运哪天就剥夺了他的幸福。我们该如何称呼这些人才好呢？智慧的使命仅仅是注视着变化无常的未来，侧耳倾听或许永远不会到来的不幸的脚步声——整个空间都回响着幸福双翼呼呼的拍打声，它却对此充耳不闻？

让我们在别处寻找幸福铩羽而归之前，先不要放弃寻找幸福吧！如果我们能够将幸福缺失导致的空虚看作幸福，并对此感到心满意足的话，我们举手之间就可以变得很明智。然而，圣贤并不是为不幸而生的。在拥有幸福的同时坐拥才智，这是富有人性、也是引以为荣的。智慧付出一切努力，目标不过是想在生活中寻找幸福的支点，但在放弃中寻求这个支点并向幸福告别，无疑是在死亡中寻求支点。四体不勤的人相信这是明智之举，但是，人生来的目的就是如此吗？智慧将成为我们的激情和情感、思想和欲望令人敬重的妻子，还是成为死亡郁郁寡欢的新娘，选择权在我们自己手中。让坟墓中自行充满停滞不前的智慧吧，让火焰炽盛的壁炉中也洋溢着智慧吧！

智慧与幸福

我们并非通过放弃近在眼前的幸福才变得聪慧，但随着我们日益聪慧，我们会在不知不觉中放弃眼前的幸福，甚至连小孩子也无一例外。随着时光的流逝，他们会毫不犹豫地逐一放弃那些不能带给他们欢乐的游戏。正像孩子们能从游戏中，而不是从交给他的任务中学到更多的东西一样，智慧在幸福中的进步要比在不幸中快得多。不幸点亮的不过是道德的一个方面，一个在不幸中变得聪慧的人，就如同一个爱人但却从未被人爱过的人。对于没有其他的爱加以回应的爱来说，一定有某种东西是他未曾知晓的，对于那些从不幸中产生智慧的人来说，他们对这些东西同样一无所知。

一位长期遭受不公平待遇而变得意志消沉的哲学家，曾经向两个幸福的人询问道：“幸福真的如同人们想象的那般美好吗？”不是的，幸福是一种远比人类想象中更合乎心意的东西，但人类又不会如同想象般对此啧啧称羡，因为它本身和未曾拥有完美幸福的人构想出来的幸福有天壤之别。快乐并不是幸福，幸福的人亦非一直快乐。对于普通人来说，短暂的快乐就会让他们永远笑容满面，他们会在微笑中逝去。人一旦变得崇高，持久的幸福就会变得庄重，这庄重丝毫不亚于不幸的庄重。智者曾说，我们最好永远不要幸福，如此，幸福就可能成为我们一直渴望的东西。可是，未曾拥有过幸福的智者又怎能意识到，幸福唯一不能令其悲哀也不能令其厌倦的事物就是智慧？思想家们已经学会用一种更加不可亵渎的爱来热爱智慧，这种爱属于那些幸福的人，而不属于那些不幸的人。在不幸的重压之下成长起来的智慧比在幸福的滋养下成熟的智慧有天渊之别。前者在智慧中寻求慰藉，必须低声说出幸福，而后者则可以大声地自我表白。智慧让不幸的人明白，幸福可能还属于他，而智慧让幸福的人懂得，他一定会变得更加聪慧。或许，智慧的长直到幸福引领你到达山巅之前，你都不要声称自己拥有幸福，因为在那里，幸福将从你眼前消失。但是，你对生活的渴望却有增无损。

Till you have been led by your happiness up to the heights whence itself disappears from your gaze, but leaving you still, unimpaired, the desire to live.

远目标就是寻找幸福，在我们知道智慧兼容万物之前，我们自己必须要获得幸福。

幸福的重负

有些人不能完全承受幸福的重负，人不仅应该具备承受悲伤的勇气，也应该具备承受幸福的勇气。甚至对于人类来说，永久的幸福比永久的不幸能够唤起更多的力量。因为对于没有智慧的心灵来说，比起完全拥有它所期望的一切来说，期盼它未曾拥有的一切更会让它感到快乐。那颗仅能从恐惧或希望中得到滋养的心让幸福的人惊讶不已，尽管这颗心拥有它所期望的一切，但仍不能从它所拥有的一切中获得滋养。

我们经常看到，幸福征服了那些百折不挠和道德上谨慎的人，但他们并没有从幸福中得到要寻找的东西，他们也没有耗费全部的精力来护它周全，或者紧握着它不放。我们必须获得相当大的智慧，这智慧让我们意识到，幸福也有它的不幸，我们不至于心灰意懒；这不幸也不至于导致我们相信，我们所拥有的并非真正的幸福。幸福带来的最珍贵的礼物是我们内心深处萌生的一种认识：幸福不仅是一种令人心醉神迷的东西，它还是一件引发我们思考的东西。当我们意识到，幸福最大的成就就是赐予那些珍视它的人以不断增长的意识，而这种意识是人类在其他地方无法寻找到的。当这一刻到来之际，幸福也就不会如此罕见，如此不可企及了。对于人类的灵魂来说，懂得幸福的含义比享受幸福更为重要，为了能够持久地热爱幸福，我们不得不获取更多的智慧。当我们躺在纯净幸福的胸怀中时，我们意识到，还有一个更伟大的智慧等待着我们去感知。幸福中存在着固定不变的部分，而这一部分就存在于我们意识深处的力量中，尽管不幸与我们形影相随，但这一部分仍能给我们带来幸福。直到幸福引领你到达山巅之前，你都不要声称自己拥有幸福，因为在那里，幸福将从你眼前消失。但是，你对生活的渴望却有增无损。

幸福的传递

有一些知识渊博的思想家，像帕斯卡、叔本华、哈罗，他们似乎并不幸福，因为所有有关无限、宇宙和永恒的概念都凌驾于他们的灵魂之上。有人认为，他说出大多数人的不幸是因为他自己是个人极其绝望的牺牲品，或许，这种观点并不正确。

从不再自私、本能和平凡的思想高度看到的不幸的范围，和从性质类似但起源不同的思想高度看到的幸福的范围，两者大同小异。毕竟，飘浮在远处旷野之上的云朵是金光灿烂的还是阴郁沮丧的，这都无关紧要。旅行者会为到达山巅而欣喜若狂，在那里，他可以游目骋怀，映入眼帘的是无穷无尽的空间。对于我们来说，尽管帆船不会永远一帆风顺、乘风破浪，大海仍不失其神秘和绝妙。不管是狂风大作还是阳光明媚、风平浪静，都不能削弱我们灵魂的生命。当我们住所周围的天空，反射出整个海洋的光辉时，那种软弱无力的感觉依旧会日夜不息地透过我们密不透风的房间，侵入到我们冷酷、自负、琐细、狭隘的思想中。

然而，圣贤和思想家之间恐怕有所差异。当思想家伫立在思想的山巅时，悲伤会渐渐弥漫在他的心头，但是站在一旁的圣贤只是莞尔一笑。这个笑容如此诚挚，如此富有人性、自然不做作，就算是世间最卑微的人，也能够理解这样的笑容。当圣贤如同一朵花儿飘落山脚时，人们会满心欢喜地迎接他的到来。思想家开辟了一条“从有形到无形的道路”，智者也开辟了一条道路，这条道路引领我们从现在我们喜欢的东西走向未来我们应该喜欢的东西。这些道路都是以不能够给人们带来安慰的东西为起点，不断延伸，一直到达能给人带来深切安慰的终点。对人类、自然和上帝进行深入的反思是很有必要的，但只是反思也是不足够的，如果没有孕育安慰的种子，再深刻的思想也无济于事。的确，这是思想家至今为止仍未能完全拥有的思想，像其他的思想一样，它一直游离于我们的日常生活之外。我们变得悲观失望，并且在苦难中停滞徘徊，远比立刻去做时间最终迫使我们去做的事情容易得多：把我们自己从苦难中解脱出来。

和那些生活在信任、坦率质朴氛围中的人相比，那些在忧郁沮丧中度日、经常怀疑自己朋友的人，似乎看起来更像是一个深刻的思想家，但是，所有的人都应该追求前者的生活。是否存在这样的人，他以其同胞的名义，思考生活中出现的种种不幸时，或许，是出于担心他那幅不幸的壮丽画卷会黯然失色，于是他就向他们隐藏了他接受生活的全部理由。既然他安然无恙地继续生活下来了，那么，那些理由一定具有决定性的意义。这时，他能够相信自己已经做了力所能及的事情了吗？如果一种思想的目的不在于给人类带来慰藉，那么，这种思想一定是不成熟的。出于本能，你已沉溺于这样的生活，为其不幸而扼腕叹息。一定有更深刻、更重要的理由引诱你沉溺其中，但向我诉说你不幸的原因要比你陈述这些理由简单得多。我们中的哪一个人不能轻易地为不幸找出成千上万条理由呢？

因为不幸的终极理由最终会转变成快乐和幸福的理由，所以，圣贤们能够指出这种终极理由无疑是有贡献的。然而，在一望无际的道德空间中，伟大和幸福是合二为一的。如果这样的理由中并没有孕育着伟大和幸福的萌芽，那么，这样的理由也是不值一提的。如果我们想为别人带来幸福，首先我们自己必须是幸福的，如果我们不把幸福传递给他人，幸福也不会永驻我们心间。如果我们的嘴角挂着笑容，我们周围的人也会笑容满面；当我们看到其他人获得幸福，我们自己的幸福也会变得更加真实、深刻。马可·奥勒利乌斯在一篇闻名遐迩的文章中写道："我不愿意将不幸带给每一个人，而我自己却悲不自胜，这显然是不合适的。"可是如果我们拒绝接受赐予人类的一切幸福，我们不就是让自己悲伤，同时也把悲伤带给其他人了吗？

思想的价值

把一次心满意足、匆匆而过的注视、日常生活中一个简单倘若训练有素的军队兵临城下，但没有游击队在山谷中穿行，从侧面给予包抄的支持，这座城市绝对不会陷入恐慌，最后只能大开城门、拱手而降。

The city would evidently not have yielded to panic and thrown open her gates, had the well-disciplined force at the foot of the walls not been flanked by the hordes in the valley.

质朴的善行、一个微不足道的幸福时刻，与某种永恒稳定、美丽高雅的东西结合在一起的谦逊思想，比起那些把不幸、爱情、掺杂着死亡、命运以及大自然中冷漠无情力量的绝望结合在一起的宏大但却令人沮丧的沉思，前者要更有价值，也更贴近生活的奥秘。事情的外表通常会蒙蔽我们的双眼。哈姆雷特站在深渊边缘，悲叹着自己的命运，他似乎比安东尼奥斯·皮尔斯更加深沉、更具激情。安东尼奥斯·皮尔斯平静地凝视着同样的命运，不过，他安然接受了它们，并心如止水地质问它们，而不是惊恐不安地畏缩不前，诅咒它们。我们在日暮时分的一个微不足道的手势似乎比我们白天的所作所为都要重要。人生来就是在太阳下劳作，而不是在黑暗中探索。

思想的力量

只要是能给人带来安慰，哪怕是最微小的思想也具有自己的力量，即使是在不幸最高雅的表述、最悲壮的哀叹中，也找不到这样的力量。倘若浩瀚渊博的思想只能带来悲伤，除此之外别无他物，这样的思想就是在黑暗中燃烧双翼的能量，将燃烧时的光线投射到监狱的墙上。然而，对希望最羞怯的念头，或者对必然法则的欣然接受，本身就是为了探寻深入生活的立足点。尽管我们的思想本身从未如此宏大、公正无私，也不会让人交口称赞，但是，承认行动仅仅始于现实，这对我们来说也没有什么坏处。因为所有构成我们真正命运的东西都蕴藏在我们的思想中，而我们的思想则被众多艰深晦涩、若隐若现、尚不完善的观点簇拥着前行。

如果这种思想有足够的力量——或者说，是被迫——那么，它们就会转变成各种事实、姿态、感情或习惯。我们并非在暗示，应该放弃其他的思想。或许，我们可以把围绕在我们日常生活周围的东西，看作正在围攻一座城池的军队，城市一旦被攻克，很可能大批军队不能通过城门进入城市。肯定是禁止那些非正规军进入——异族军队、雇佣兵，总而言之，就是那些本性使然，一定会酗酒、劫掠、杀戮的人。或许，也会经常发生这样的情况：整整三分之二的部队在最终的决定性战役中没有发挥任何作用。但是，那些看起来没有任何作用的军队也有其存在的价值，倘若训练有素的军队兵临城下，但没有游击队在山谷中穿行，从侧面给予包抄的支持，这座城市绝对不会陷入恐慌，最后只能大开城门、拱手而降。道德思想亦是如此，那些无力触及我们实际生活的思想并非一无是处，它们给予其他思想以鼓励和支持，这使其他的思想最终圆满完成使命。因此，在我们悲伤、迷惑的思想前，聚集起一批更富有人性、更加自信的思想，它们随时准备精力充沛地投入生活，这对我们大有裨益。

行为与意图

甚至当我们出于对精神之善最纯粹的渴望，竭尽全力想在现实生活中崭露头角时，一个手势也比一千个意图更有价值。并不是说这些意图一无是处，而是说一个小小的善举、一份勇气、一丝正义比一千个崇高的意图对我们提出的要求要高得多。手相专家伪称我们全部的生活都镌刻在手掌上，根据他们的说法，我们的生活就是一系列的行为履行前后在我们人体上留下的不可抹杀的印记，而思想或意图却没有留下任何痕迹。如果我的凶杀、背叛、英雄主义以及献身的计划萦绕在我的脑海里由来已久，这些东西并不会显示在我的掌心。倘若我杀害了一个人——或许，我下意识地认为他要攻击我，或者我将一个孩童从火海中解救出来——我的手上将终生带有不可抹杀的爱或谋杀的印记。或许，手相术只是一种迷惑人的手段，抑或不是，我们应该到达某种高度，在这个高度之上，职责不再被看做我们最高尚情感的抉择，而是被看做我们内心深处一切本性的沉默的需求。

We should attain a height whence duty no longer is looked on as the choice of our noblest feelings, but as the silent necessity of all the nature within us.

这都无关紧要。在此，我们只关注于这种差异之下潜藏着的伟大的道德真理。我在宇宙中的位置绝不会因为我的思想而发生任何改变，直到我寿终正寝的那一天。我还是原来的我，然而，我的行为总是一刻不停地推动着我在人类的等级上前进或后退。思想是一股独来独往、游离徘徊、变化无常的力量，这股力量今天向我们靠拢，或许，明天它就会消失得无影无踪。然而，每一个行为都预示着一直恒定不变的思想和欲望的军队，经过艰苦卓绝的努力，在现实中取得了稳固的立足之地。

英雄的美德

然而，我们发现，自己已经远离了高尚的安提戈涅和徒劳的美德那永恒的难题。确定无疑的是，命运按照一般的字面意义来理解，命运好像仅仅意味着通往死亡的道路，对于美德完全不屑一顾。这是一条所有的道德体系都必须跨越的深渊，这个深渊就如同一个中央蓄水池，所有的道德都在此得到永久的净化或陷入困境。在此，每一个人都必须做出抉择，他要么为命运辩护，要么谴责命运。安提戈涅的命运很可能被看作为了责任而自我牺牲的典型，大家难道不了解吗，英雄行为的回报仅仅是不幸吗？我自己的一位朋友，有一天，他躺在床上，除了必须要做的事情之外丝毫不动。他逐一向我指出，命运绞尽脑汁，使出浑身解数，诱使他前往一个遥远的城市，等待他的是泛滥成灾的毒水，他一定要把这水喝下，然后必死无疑。出人意料的是，命运围绕着这个生命编织的不可胜数的网竟然如此清晰，哪怕最微不足道的事情都蕴含着恶意和阴谋。然而，我的朋友义无反顾地前往那座城市，去完成一项只有圣贤、英雄或哲人在他们的良知范围内才能觉察到的义务，我们还能说什么呢？让我们暂且搁置这个话题，以后再谈。只要我的朋友一息尚存，他明天就会在另外一项责任的召唤下到达另一个城市，他不会停下脚步，询问是否真的是责任召唤他前来。有些人对他们内心低声发出的指令俯首听命，他们并不为命运的不公而焦躁不安。尽管他们的美德没有任何回报，他们也毫不在意。他们全神贯注地同人类的不公正做斗争，这似乎是他们能够意识到的唯一的不公正。

那么，我们应该迟疑不决吗？当我们完全没有意识到我们所做的事情是一项义务时，我们能否忠实地履行这项职责吗？我们应该到达某种高度，在这个高度之上，职责不再被看作我们最高尚情感的抉择，而是被看作我们内心深处一切本性的沉默的需求，这难道不是最重要的吗？

职责的履行

有些人经过耐心的等待，反复扪心自问，经过深思熟虑之后，最终做出决定，或许他们是正确的。因为，职责的履行是出于本能还是智力，这本就无关紧要。本能的手势常常让人回想起微妙的、纯真的、模糊的、出人意料的美丽，这种美丽存在于孩童不经意的动作中，却深深地触及我们的心灵。不过，成熟决断的手势有其独特的美丽，更诚挚、更庄严、更坚强。在我们当中，只有很少的人拥有天真烂漫、尽善尽美的心灵，我们也不应该在这些心灵中寻找关于义务的法则。此外，还有许多庄严冷静的职责，本能未能察觉到他们，但人们若能放弃错误的幻想，做出成熟的决断就能够对此明察秋毫。人类道德的价值无疑建立在他看到并履行的职责的数量之上。

幸亏大多数人都听从本能的召唤，这种本能敦促他们在职责的祭坛上做出自我牺牲，此处幸亏也不存在步步紧逼的自我质疑。在意识能够给出像本能一样的答案之前，这种自我质疑的现象就早已存在了。那些由此紧闭双眼，亦步亦趋地跟随本能脚步的人，实际上，他们是在追随光线的行踪。这束光线由他们伟大的祖先投射到他们的头顶上，他们对此浑然不觉，也不知道这束光线是为何物。但这并没有达到尽善尽美的程度。有些人为了同胞的利益放弃了最少的东西，他对自己放弃了什么一清二楚，也深知放弃的缘由，和那些义无反顾、决绝地弃生活于不顾的人相比，前者的道德水准无疑要高出许多。

美德的终极表现

在这个世界上，存在着成千上万软弱但却高尚的人，他们总是认为牺牲是职责最后下达的命令；成千上万美丽的心灵对于应该做什么茫然无知，只是一心想要放弃他们的生命，认为那就是美德的终极表现形式。实际上他们是错误的，至高无上的美德在于我们清楚地知道自己应该做什么，在于有能力决定，我们应该在何处为生活奉献自己的生命。每个人固守的职责绝不是他们恒定不变的职责，至关重要的职责就是我们应该将职责这一概念分条缕析。相对于美德而言，职责这个词本身就包含了许多谬误和道德上的冷漠。克吕泰墨斯特拉为复仇而献出自己的生命——她杀死了自己的丈夫，因为他杀害了伊菲琴尼亚。俄瑞斯忒斯为了替阿伽门农复仇，报复克吕泰墨斯特拉，并为此牺牲了自己的生命。但是，此时只需要一位圣贤从旁经过，告诉他们："宽恕你的敌人吧。"因为复仇的责任应该永远从人类的良知中抹杀掉。因此，或许有一天，这样的愿望可以成真：另一个圣贤从旁经过，他有足够的力量将自我牺牲的责任从人类身上驱逐出去。同时仍有一些观念，能够劝导人类拒绝、放弃和牺牲。相比于那些重大的恶习，甚至犯罪来说，他们对人类最美丽的道德力量更具破坏性。

自我牺牲与放弃

生活中总有一些具有普遍意义的场景不可避免，就需要你去顺从它的发展，这出于必要也大有裨益。生活中还有一些场景需要我们为之一搏，有时候，顺从不过是无助、懒散、无知的遮羞布。牺牲也是如此，在大多数情况下，牺牲就像是布满了皱纹的胳膊顺从地在空中挥舞。当自我牺牲不请自来时，当自我牺牲的动机是为其他人谋取幸福时，这种牺牲才具有简单质朴的美。但是将牺牲看作人生的目标，或者把牺牲的成就看作精神对肉体的巨大成功（在此，我们稍作补充，一般意义说，精神对肉体的胜利的重要性被人类无限制地夸大了，实际上，在大多数情况下，这种伪装的胜利不过是生活的完败），这并非明智之举，对人类也毫无价值。或许，牺牲是美德在旅途中想要采撷的一朵花，但牺牲动身旅行并不是为了收集这种花儿。认为灵魂之美明确地体现在以极大的热情去奉献自己的生命上，这就是大错特错了，因为灵魂那多姿多彩的美体现在它的意识中，体现在它生命的崇高和力量中。的确，有些人只有在牺牲的召唤下才能在睡梦中惊醒，然而，这些人却缺乏勇气和力量去探索道德存在的其他形式。

通常来说，自我牺牲——放弃，将我们的道德存在随意丢给第一个接受它的人——远比锲而不舍地践行我们的精神命运，最终完成人类生来就肩负的责任容易。通常情况下，为了他人，我们牺牲精神；不仅如此，甚至牺牲我们的肉体，要比学会为了他们更好地生存下去容易得多。还有为数众多的人，他们任由自己主动的个人生活在昏昏沉沉中度过，脑海中萦绕着他们随时准备牺牲的想法，他们沉溺在这个想法中不能自拔。如果意识从未曾战胜过这种想法，只满足于寻求一个场景来奉献自己的所有，那么，这种意识就是被蒙蔽了双眼、蜷缩在山脚下的意识。自我牺牲中蕴含着美，的确，只有通过自我牺牲，到关于我们，上帝的意志是：我们应该依靠彼此的幸福和生命而生存，而不是依靠彼此的痛苦或死亡而生存。

The will of God respecting us is that we shall live by each other's happiness and life; not by each other's misery or death.

最后，我们才能在一定程度上拥有自我。但如果有一天，我们所能给予我们同胞的一切，就是将自己奉献给他们的愿望，那么，毫无疑问，我们准备的礼物实在是再微薄不过了。在付出之前，我们应尽力获取，因为后者是一种责任，是一种即便是我们付出也不能免除的责任。让我们耐心等待献身的时钟响起吧，到那时，每个人都会各尽其职。可我们切勿为了在生活中寻求自我牺牲而蹉跎了我们的年华。

弱者的牺牲

牺牲的方式多种多样，在此，我不涉及强者的自我牺牲。谁能像安提戈涅那样清楚地明白，当命运选择了他同胞的幸福所采用的形式，要求他们放弃自己的幸福和生命，他们该如何说服自己。在此，我所提及的是弱者的牺牲，为了寻求支持，他们像孩子一样满足地依靠在自己空洞的支柱上，如同一个年老体弱、双目失明的护士，将我们放置在忍受着无谓痛苦、即将要放弃的颤抖的双臂中摇晃。约翰·罗斯金是我们这个时代数一数二的思想家，此时此刻，让我们援引他的话：“关于我们，上帝的意志是：我们应该依靠彼此的幸福和生命而生存，而不是依靠彼此的痛苦或死亡而生存。或许，一个孩子为了他的父母不得不献出自己的生命，但上帝的目的是，孩子最好为了他们的父母生存下去，而不是自我牺牲。就像是巨人手中的箭矢一般，父母生存下去的力量来源于孩子的力量、快乐以及生存的魄力，而不是他的牺牲。在其他正确的关系中也应如此。人类应该利用自己的快乐而不是悲痛来帮助彼此，他们无意为彼此献出自己的生命，而是为了彼此使自己更加强大。我不确定，哪些表面上尽善尽美的东西，因为错误的使用，最终成为彻头彻尾的不幸，但是，善良的人如果草率行事，一味顺从，他们的自我牺牲精神一定是最致命的。他们经常被教导说，美德只存在于痛苦之中，例如……于是，他们对痛苦和牺牲欣然接受，好像他们本该承受这些。他们始终不理解的是，人们依然会为他们的失败悲痛不已，因为比起对他们，这种失败对于敌人更加致命。”

对自身的责任

有人告诉你，你应该像爱你自己一样热爱自己的邻居，如果你对自己的爱是吝啬的、幼稚的、羞怯的，那么，你也会以同样的方式爱你的邻居。因此，学着用一种健康、明智、博大、完整的方式来爱自己，这并不像看起来那样容易。在奋发向上、通幽洞微的灵魂中也存在着利己主义，但是比起那些盲目无助的灵魂中的献身精神，这种利己主义中包含有更多积极的博爱精神。在你为别人生存之前，你首先要为自己生存；在付出之前，你首先必须要获取。如果深入地加以思考，可以确定的是，哪怕你获得的意识微乎其微，都比你全然无意识的礼物更有价值。在这个世界上，几乎所有重大的事情都是由毫不关心自身安危，但却满怀牺牲精神的人完成的。柏拉图的思想源远流长——他从不停止自己的脚步，让自己的泪水同雅典哀悼者的泪水一同滑落；牛顿镇定自若地从事自己的实验，从不中止自己的实验去寻找怜悯和悲痛的对象；尤其是马可·奥勒利乌斯（在此，我们将触及自我牺牲最危险、最常见的形式）无意让自己的灵魂黯然失色，或许，他的灵魂能够为福斯蒂娜卑微的灵魂带去幸福。假如，以柏拉图、牛顿和马可·奥勒利乌斯的生活来看，这一观点是正确的话，那么，在每一个人的生活中，这一观点同样正确。因为每一个灵魂都和最伟大的灵魂一样，在自己的范围内对自己负有同等的责任。我们应该最后一次告诉自己，灵魂的首要责任就是要在自己力在生命的每一个阶段，我们周围都有同行之人，他们或快乐或悲伤，而我们唯一可以随心所欲地奉献给他们的东西，就是我们灵魂的信心、力量、自由和平静。

In the everyday walk of life the solitary thing we can ever distribute among those who march by our side, be they joyful or sad, is the confidence, strength, the freedom and peace, of our soul.

所能及的范围内变得幸福、完整、独立和伟大。在此，不存在任何的自私或自负。要想全然变得宽宏大量和诚挚谦恭，在我们的心灵深处，必须要对我们所拥有的一切有一种自信、宁静、清晰的认识。为了达到这个目的，我们甚至会放弃对牺牲的热情，因为牺牲绝对不是使自己变得高尚的手段，而是自己变得高尚的标志。

灵魂的准备

当需要召唤我们时，让我们随时准备把自己的财富、时间和生命奉献给那些命运多舛的同胞们，从而让这些变成特定时光中的一件别有风味的礼物吧。然而，圣贤并非一定要忽视自己的幸福以及他生命周围的一切，只是为生命中仅有的几个特殊的献身时刻作准备，这些时刻的意义或大或小。最诚挚的道德告诉我们，首先，一定要坚守那些每天周而复始的责任，每个人的行为都必须拥有兄弟般的友善，并且为此孜孜不倦。以这样的方式深思熟虑之后，我们发现，在生命的每一个阶段，我们周围都有同行之人，他们或快乐或悲伤，而我们唯一可以随心所欲地奉献给他们的东西，就是我们灵魂的信心、力量、自由和平静。因此，要让最卑微的人永不止步，珍视自己的灵魂并使其得到升华，甚至他似乎对自己的灵魂总有一天会受到召唤，去安慰或取悦上帝深信不疑。这让我们想到自己的灵魂，当我们的灵魂整装待发时，提前的准备活动无疑就是一项神圣的使命。仅仅在这一领域，在这种情况下，如果人们能无怨无悔地奉献自己的生命，就说明存在着卓越超群的牺牲精神。回想一下，当时光宣布苏格拉底或马可·奥勒利乌斯赠予这个世界的礼物时——他们的经历丰富多彩，他们曾数次领悟到他们周围人的生活，难道你不认为，这样的礼物比那些未曾跨越意识门槛的人赠予的礼物要珍贵一千倍吗？如果上帝果真存在，它会按照我们体内血液的重量来衡量我们的牺牲，我们内心深处的血液——它的美德、它的自我认知、它的道德存在，你认为这些都将一无是处吗？

灵魂的升华

并非通过自我牺牲灵魂才得以高尚起来，然而，随着灵魂愈加高尚，就像对于那些在山顶辛勤劳作的人来说，山谷中的花朵会逐渐消失在他的视野之外一样，牺牲也会逐步淡出人们的视线。牺牲是一个虽然美若天仙却让我们惴惴不安的标志，但我们不应该为了这种不安而在我们内心深处培养不安的情绪。对于那些缓慢觉醒的灵魂来说，一切似乎都意味着牺牲。但实际上，能够被最终经历过自我否定、怜悯和献身的人如此称呼的东西微乎其微，它们不再是必不可少的根部，而是无形中的花朵。因此，事实上，有相当多的人都认为，应该对现存事物加以毁灭——虽然出师无名。因此，他们的幸福、爱和希望在熊熊的火焰中获得了更为清晰的自我形象。这就好像他们手中高举着一盏不知所谓何用的灯，好像当黑暗来临之际，当他们渴望光明时，他们只能凭借陌生人的火光来驱散黑暗。

我们应该小心谨慎，以免我们表现得像寓言故事中的那个人一样。他站在灯塔中巡视，把灯油分发给他周围小屋里的穷人，那些灯油是供大灯使用的，用来在大海中照明。每一个灵魂在自己的范围内都掌管着一座灯塔，人们或多或少都需要这座灯塔。一个恭顺卑微的母亲被微不足道的母性职责所累，允许她的整个生命被弄得支离破碎、黯然无光、吃空耗尽，将她的油分发给穷苦的人们，而自己的孩子却因为母亲的灵魂深处失去了可以获取的光辉而终生受苦。那些在我们内心深处闪闪发光的无形力量，首先一定要为自己闪耀。只有在这种情况下，它才可能同时为别人闪耀。但是，你要注意，虽然你的灯并不是最小的，你也不要把你的灯油拱手送人，让你的灯尽情燃烧吧，把光辉夺目的火焰当作礼物送给其他人。

利他主义

毋庸置疑，在高尚的灵魂中，利他主义始终占据着重心的位置。然而，在其他人的灵魂中，弱者的灵魂容易迷失自我，而正是在其他人的灵魂中，强者的灵魂发现了自我。在此，我们发现了本质的区别。爱我们的邻居如同爱我们自己，这种行为固然高尚，但还有一种比它更为高尚的事情，那就是在我们的邻居中爱我们自己。世上有一些受美德引导的灵魂，也有一些美德紧随其后的灵魂。我们需要铭记于心的是，在灵魂互通有无的过程中，最慷慨的灵魂绝不是那些认为自己一直在付出的灵魂。尽管出身卑微，一个奋发向上的灵魂也绝不会停止索取，即便面对最富有的人，一个软弱的灵魂也依然在付出。不过，有一种付出的方式真的仅仅是一种无能为力的贪婪罢了。或许我们应该发现，如果由上帝加以判决的话，我们总是在索取中付出，在付出中索取。当第一束启蒙之光笼罩在普通的灵倘若我自己并没有变得高尚，那么，我也就无法让你变得高尚；倘若我无法钦佩我自己的行为，我也就不能钦佩你的行为。

I cannot ennoble you if I have not become noble myself; I have no admiration to give you if there be naught in myself I admire.

魂身上，有一天，它会遇到另一个灵魂，这个灵魂索取了它不得不付出的一切，这样的情况的确屡见不鲜。

仁爱之心

我们为什么不能承认，陪同哭泣的人一起哭泣，与所有不幸的人一起承受痛苦，向路边的人表露心迹，任由他们抚慰或伤害，这都不是我们至高无上的职责呢？只有当眼泪、痛苦和伤害不会让我们对生活心灰意懒时，它们对我们才大有裨益。我们需要时刻不忘的是，在这个世界上，不管我们的使命可能是什么，无论我们的努力和希望目标为何，无论我们幸福或不幸的结果怎样，首先，我们在安排生活时总是盲目无知。毋庸置疑，只有一件事情是确定无疑的，那就是我们发现了人类道德唯一的固定点。生命为我们付出，出于我们不知道的原因，但肯定不是任由我们削弱它，或者在不经意间让它不翼而飞。因为它是我们在这个地球上所代表的一种特殊的生命形式：感情和思想生活。或许它从那里就追随了一切倾向于削弱感情或思想的热情，从本质上讲，这是不道德的。那么，我们的任务就是要培养这种热情，增加这种热情并且加以美化。在人类的伟大、力量或命运方面，我们应该孜孜不倦地努力去获取更深刻的信念。或者我们同样可以说，在人类的苦难、弱点和不幸方面，我们也应如此，因为高尚地遭受苦难和高尚地享受幸福对人类灵魂的冲击不相上下。

毕竟，只要一些事情的出现真的能让我们啧啧称赞，增强我们对无限的感觉，那么，我们称赞的是宇宙还是人类，这都无关紧要。天空中发现的每一颗新星都将为人类的激情、思想和勇气增添一丝光辉。我们在我们内心及我们周围发现的一切美好的东西都是完美的，我们在自身所发现的一切都是伟大且值得推崇的。同样，我们在其他事物上发现的一切亦是如此。今天早上，当我睁开惺忪的双眼，正在沉思灵魂之爱时，因为一个突然涌上心头的想法而欣喜若狂，这个想法接近上帝。毫无疑问，所谓的上帝不过是我们灵魂中最令人愉悦的愿望。那么，此后如果我看到，经过窗前的乞丐心中涌现出同样的念头，我会更爱他，因为我能更好地理解他的所思所想。不要认为这种爱一无是处，因为实际上，倘若有一天，我们面对不得不做的事情，那也得归功于少数以这样的方式去爱的人，而且他们的爱愈来愈浓。真正的爱必须源于有意识、无穷无尽的爱，努力让我们的伙伴变得更加高尚，这是最伟大的善行了。

然而，倘若我自己并没有变得高尚，那么，我也就无法让你变得高尚；倘若我无法钦佩我自己的行为，那么，我也就不能钦佩你的行为。倘若我的行为是一种英雄主义的行为，那么，最真实的回报就是，我深信你的行为同样也是一种英雄主义的行为。在我的内心深处，这种信念倾向于以一种更加自发、更加势不可挡的姿态表现出来。每一种鼓舞我心灵的思想，也会激发我对人类的热爱和尊重，随着我不断地升高，你也会紧随其后。然而，如果为了更好地爱你，我认为我应该撕裂爱的双翼，而你的爱至今为止仍没有插上翅膀。到那时，我只能在山谷中徒劳无益地哀叹和哭泣，但是，我的爱却不能靠近山巅一丝一毫。我们的爱应该存在于我们能够到达的最高峰。如果我们的爱能够源于爱，就不要让它在怜悯中产生，当正义显示出宽仁之心时，我们就不要出于仁慈的原因去宽恕别人。若是我们能尊敬别人，我们就不要试图去安慰他。我们应该持续关注的是，给予我们的朋友更好的爱。从山顶汩汩而出的泉水中汲取一小杯仁爱之水，也比从平凡仁慈的水井中的一潭死水中汲取一百杯水要好得多。如果有一个人，你出于同情或者因为他流下的泪水，你不可能再去爱他，如果你在让他变得高尚的同时，也让自己变得高尚，从而让他对你的爱视而不见，但这都无关紧要。因为你已经做到了极致。但极致并非总是有益的，就好像我们心中最向往的上帝在密切注视着我们的一言一行一样，难道在生活中我们不应该始终如一吗？

命运与美德

在不久前发生的那场心有余悸的大灾难中[①]，或许，命运提供给人类另一个最令人瞠目结舌的实例，它故意让人类认为它不公平、盲目无知或不负责任，并为此感到高兴。命运似乎挑选出理智留给我们唯一的外在美德——我们对朋友的爱——作为特殊的惩罚。在受害者中，一定存在着一些稳健正直的人，至少有一个人，他的美德是完全公正无私、真诚恳切的，这一点几乎毫无疑问。正是由于这个真正好人的存在，我们鼓起勇气，直言不讳地提出了近在嘴边的可怕问题。如果没有他的存在，我们会尽量说服自己相信，这种看起来几乎荒谬的不公正，实际上是由许多微不足道又至高无上的公平构成的。或许，我们会低声自言自语道，他们所谓的仁慈，不用更多的证明，或

① 巴黎慈善集市的一场大火。

许只是恒久不变的不公正孕育出来的一朵傲慢无礼的花朵。

我们似乎不会心甘情愿地承认外部力量的盲目性，像空气、水、火、万有引力定律以及其他的一些外部力量。我们必须处之泰然，并与之相斗争。对于我们来说，给命运寻找借口这个需要实在过于沉重，甚至当我们指责命运时，我们依然竭尽全力为其开脱，解释它的行为的前因后果，同时意识到一种痛苦惊讶的感觉。就好像一个我们赞不绝口的人突然犯下了滔天罪行。我们喜欢把命运理想化，习惯性地认为它所具有的正义比我们自身拥有的正义高尚得多。不管命运曾经多么不公正地对待我们，很快，我们又重新信任它，起初心灰意懒的感觉成为过眼云烟。因为，在我们的内心深处，我们还是在为其辩解，它一定有某些我们不知道的苦衷，有一些我们无法预测的法则在支配着它。如果我们把道德和命运分开，世界的黑暗就会把我们淹没。对于我们来说，似乎怀疑这种崇高的、具有戒备心理的美德和正义的存在，就意味着否定一切正义和美德的存在。

我们不再能接受实证宗教的狭隘道德，这种道德对我们威逼利诱。然而，我们却倾向于忘记，倘若命运拥有最基本的正义感，我们关于崇高、无私的道德观念就会消失得无影无踪。

倘若我们并不认为命运是绝对不公正的，那么，我们自己是公正的又能有什么益处呢？我们不再相信由圣人持有的理想，我们深信不疑的是：在履行职责是为了获得回报，行恶是为了获取利益方面，上帝也无话可说，即使这种期望中的回报不过是追求自我内心的平静。上帝给人类中的佼佼者灌输了至高无上的思想，我们所谓的上帝至少要达到这种思想的高度。他对那些一味曲意逢迎的人不苟言笑，那些为行善而行善，就好像上帝不存在一样的人，那些爱美德胜过爱上帝本人的人，才能被允许站在他的身旁。

然而，尽管如此，一旦我们面对这件事情，我们很快就会发现，童年时代的“道德准则”依旧支配着我们的生活。拥有一张“惩罚美德的清单”对我们来说更有好处，对于生活反应敏捷的灵魂能从中找到好处，美德会在崇高和活力中找到自己的理由。我们一定不要忘记，在和道德无关的命运中，一定会诞生更崇高的道德。因为这里和其他地方一样，当人类意识到他完全孤立无援时，他就会凭借自身的力量变得空前坚强。当我们考虑到命运不公正的极致时，我们会因为否定了崇高道德法则而心烦意乱。然而，由于否定了这项道德法则，一项更为崇高的新法则从天而降，不再相信回报或惩罚的人必定会为行善行本身始终是幸福的行为。那是一朵在长期幸福满足的内在生活中孕育出来的花儿，在灵魂碧空如洗的山巅讲述着平静祥和的岁月和时光。

An act of goodness is of itself always an act of happiness. It is the flower of a long inner life of joy and contentment; it tells of peaceful hours and days on the sunniest heights of our soul.

善而行善。即使一项道德法则行将消失，我们也不必惶恐不安，它留下的空白一定会被一条更伟大的法则迅速填补。把道德归于命运不过是减少了我们理想的纯度，承认道德的不公就是在我们面前，为更崇高的道德开辟了无限拓展的空间。尽管上帝本身好像偏听偏信，但是，我们也不要以为美德会土崩瓦解。除了上帝那表面上的不公正之外，人类的美德还能够在何处寻找永恒的根基呢?

美德与幸福

因此，当大自然对圣贤不屑一顾时，我们也不要对大自然求全责备。这是因为我们还没有足够的智慧，因此对我们来说，这种冷漠才显得莫名其妙。智慧的首要任务就是，给人类在宇宙中所处的卑微位置带去一线光明。

就像蜜蜂在自己的巢室里一样，好像人类在自己的领域内也至关重要。由于蜂王已经证明了，在蜂房内自己是一个巾帼英雄，我们就去设想一朵小花会在田野中尽情怒放，这是穷极无聊的事情。当我们赞美宇宙时，我们也无须担心我们会妄自菲薄。无论我们认为我们自己是伟大的，还是认为整个世界是伟大的，在我们的灵魂深处，仍有激发无限感的东西，而这种东西正是美德的生命血液。美德应做出什么样的行为，才能使我们能够期望获得如此丰厚的回报呢？因为万有引力定律不会突然偏离方向，我们必须在心中为自己寻求一份回报。那些对善行茫然无知的人，永远只会呼吁给善行以回报。首先需要我们铭记的是，善行本身始终是幸福的行为。那是一朵在长期幸福满足的内在生活中孕育出来的花儿，在灵魂碧空如洗的山巅讲述着平静祥和的岁月和时光。任何事后的回报都不能和伴随着事情发展的甜蜜回报相提并论。在我提及的那场大灾难中，那位正直的人也殉难了，因为他的灵魂在美德中寻找到了安宁和力量，这种美德是幸福、爱或荣誉无法给予他的。如果在这种人面前，火焰会为之退却，海水会为之分流，死亡会迟疑不决，那么，所谓正义和英雄主义又为何物呢？美德的真正幸福会毁于一旦吗？是由于美德崇高纯净，它才如此幸福吗？是由于美德不求回报，它才如此崇高和纯净吗？

如果行善具有确切的目标，或许，其中会蕴含着人类的快乐，但是，那些做好事不求回报的人，深知一种神圣的快乐。我们在何处为非作歹，作恶的理由我们几乎都一清二楚，由于我们忽视了行善的动机，因此，我们的善行就变得更加纯净。

如果我们知道如何评价正直的人，我们无须准备其他，只需要就他正直的动机向他发问即可。那些事前没有精心准备答案的人，或许就是最正直的人。许多人认为，随着智力的领域逐渐拓宽，英雄主义的动机会在灵魂中消失。但我们不应忘记的是，随着智力领域的不断拓宽，随之而来的英雄主义理想就越高尚和无私。此外，至少这一点是肯定的：那些认为美德迫切需要命运或世人赞许的人，在他们的内心，还没有形成对美德的真正认识。真心希望我们能做得更好，因此我们必须行善，因为我们对善充满了渴望。一种对善的更加深入的认识则是我们期望的全部回报。圣加斯特曾说："除了他唯一的心灵之外，他没有任何证人。"在上帝的眼中，相信善行之光会穿透遥远的天际的灵魂，与其他相信善行之光只照亮他自己的灵魂之间必须泾渭分明。或许，在野心勃勃的真理中，存在着更伟大的瞬间力量，但是，这种由谦恭有礼、富有人性的真理带来的力量更加诚挚，更富耐性。假设有一个士兵，他设想自己每一次吹响号角都意味着自己距离胜利又近了一步，或者还有一个士兵，明知道自己在战场上的作用微乎其微，但仍锲而不舍地坚持战斗，你认为哪一个更加明智呢？正直的人对欺骗邻居的行为嗤之以鼻，但他总是过分倾向于把某种程度的自我欺骗看作和自己的理想密不可分。

倘若美德中存在着利益，那么，高尚的人只好被迫去别的地方寻找幸福。如果上帝时常对他们加以奖赏，那么，他一定会使他们生活中的主要目标毁于一旦。或许，没有什么东西是绝对必要的，甚至是必然的。情况或许是这样的，假如灵魂被剥夺了为行善而行善的快乐，灵魂会找到其他更单纯的快乐来代替它。但与此同时，它是我们所知的最完美的快乐，因此，我们必须尊重它。我们不要为有时降临到美德身上的不幸而愤愤不平，以免我们同时使幸福的平静本质躁动不安。拥有这种幸福的人，与那些因为作恶多端而期待惩罚的人相比，他们并不期望获得更多的回报。他们知道他们的生活中向来没有公平可言，因而，他们只是在锲而不舍地呼吁公平。

向善的渴望

在印度流传着一句关于智慧的格言："像雄心勃勃的人一样工作，像热爱生活的人一样热爱生活，像只为幸福而生的人那样享受幸福。"

这的确是人类智慧的重点所在。当人类采取行动时，好像每一个行为都必须令人惊艳、一气呵成、富有成效，但随后他们又意识到，在宇宙面前，一个正直的行为根本无关紧要。我们已经对事物的不均衡性一清二楚，但我们还是会继续前行，好像人类已经建立了某种对称。我们立足长远，却怀着满腔自信和诚挚，镇定自若、心满意足地在自己的小圈子里前进，好像那个长远的目标就包含其中。

需要通过幻想来保持我们向善的渴望吗？那么，这种渴望肯定被认为和人类的本性毫无瓜葛。如果你认为，在我们的内心深处，会长久珍视那些已经被理性放弃了的理念，那么，你就大错特错了。但或许在我们心中，存在着理性喜欢的东西。每当夜幕降临之际，这颗心就成了理性想要飞奔而去的庇护所，而且理性的想法越来越单纯。因为对于心而言，理性就像是一个朝气蓬勃、明察秋毫的小姑娘，她仍旧需要从她双目失明却笑容可掬的母亲那里得到忠告。生命中总会出现这样的时刻：道德之美好像比智力之美更加迫切、更加深远。思想所珍视的一切必须沐浴在伟大的灵魂中，以免它会在漫无边际的沙漠中消失得无影无踪，就像是一条被遗弃的河流徒劳地寻找着大海的方向。

倘若我们真的由于敌人的居心不良而流泪，那也是因为我们想让敌人泪流满面。

If our tears can flow because of our enemies' malice, it is only because we ourselves would fain make our enemies weep.

圣贤的存在

当我们谈及智慧时，切勿言过其实，即便是智慧本身也应如此。我们深知，正直的人不会使外部力量俯首称臣，但他仍然是大部分内部力量至高无上的君主。所有这些力量都在一刻不停地编织一张网，这张网几乎囊括了我们所有的幸福和不幸。我们在别处谈论过，当圣贤经过时，他会介入到不可胜数的情节中去。的确，仅仅是因为他的存在，就足以阻止大部分由邪恶和错误引发的灾难，人们无法靠近他，甚至是他身边的人也不能靠近他。那些能够和忠诚质朴的智慧相遇的人，如果他们没有和这种智慧相遇，他们就可能会做下无数荒唐和邪恶的事情。因为在生活中，大多数人都是附属的，就是这唯一的机会决定了他们以后的生活轨迹是遭受苦难还是享受平和。让·雅克·卢梭的生活氛围是沉重的，充满了悲叹、背叛、狂热、谎言和狡诈。但让·雅克·卢梭本人却在忠诚和高尚之间游移，身处和平和仁爱的中心，我们在征服别人的过程中，学会了如何征服自己。在正直的人周围形成了一个和平的光圈，邪恶之箭绝不会越雷池一步，他的同伴也无法将道德上的痛苦强加给他。因为实际上，倘若我们真的由于敌人的居心不良而流泪，那也是因为我们想让敌人泪流满面。如果嫉妒之剑能够给别人带来创伤并使其血流不止，那也是因为我们手握这柄利剑，希望将其抛掷出去。如果别人的背叛会让我们唉声叹气，我们自己也一定不是忠诚之人，因为，这些武器只能伤害那些尚未在爱之祭坛上做出贡献的人。

道德的奥秘

关于道德的戏剧在舞台上轮番上演，甚至是聪慧绝伦之人也无法洞察其中的奥秘。最后一句话的话音刚落，幕布就马上升起，我们对眼前上演的一切一无所知，丝毫不能体会到其中的快乐或悲伤。不过，正直的人至少可以确定一件事情：在一次仁慈或正义的行动中，他的命运会和他狭路相逢。命运为其设置了种种磨难，却发现他有备而来，像基督所说的那样，以一种高贵的姿态，换句话说，以一种内心幸福的姿态来应对种种磨难。就其本身而言，在我们的内心将邪恶的命运拒之门外，同时关闭了绝大多数外部不幸进入我们内心的大门。我们在尊严中领悟到幸福和责任的概念，道德痛苦的影响也就受到更大的限制，变得更加纯粹。在命运的兵工厂里，道德苦难难道不是最具杀伤力的武器吗？我们的幸福主要取决于支配我们内心的自由，如果我们积德行善，自由的范围也会随之扩大；如果我们作恶多端，自由的范围则随之缩小。下面的这个说法绝对不是比喻，而是事实：每当马可·奥勒利乌斯在宽容中发现一个新的真理时，每当他原谅别人时，每当他陷入沉思时，都使自己的内心获得自由。下面的这个说法更不具有任何比喻的色彩：每当麦克白犯下新的罪行时，他都重新束缚了自己的内心。如果用此来形容国王的罪大恶极和英雄的美德是恰如其分的话，那么用它来形容日常生活中微不足道的错误和最隐秘的美德也是合情合理的。在我们的周围，依旧活跃着像马可·奥勒利乌斯一样朝气蓬勃的人，但许多像麦克白一样的人，他们就将自己囿于深屋，从不出来惹是生非。不管我们的美德观有多少瑕疵，我们依旧会紧握着它不放，因为一旦我们将其抛之脑后，我们自己就全然暴露在外部邪恶势力之下。即便是对自己的一个单纯的谎言，或许，它会悄无声息地淹没在自己的灵魂之中，但是，对于我内心的自由来说，它的危害程度并不亚于集市上背信弃义的行为。一旦我内心的自由受到威胁，命运就会潜伏在我外部自由的周围伺机行事，就像锲而不舍地追捕猎物的猛兽一样。

倘若在面对智者时，命运总是保持着它那一成不变的公正性，那么毋庸置疑，这种法则的存在就足以证明命运的卓荦不羁。

If destiny were invariably just in her dealings with the wise, then doubtless would the existence of such a law furnish sufficient proof of its excellence.

罪恶中的幸福

我们能否构想这样的生活场景：在其中，真正高尚和聪慧的人像邪恶之人一样，承受深切的痛楚？在这个世界上，恶有恶报远比善有善报更确定无疑。但我们必须铭记于心的是，罪犯在惩罚面前高声尖叫是他们的惯用伎俩，与此同时，美德则在沉默中自己犒赏自己——沉默就是一座四面设防的幸福花园。触目惊心的灾难尾随邪恶而至，可善良的行为仅仅是对最深奥的生活法则的沉默回应。比起光明磊落的行为来说，正义的天平更倾向于阴险狡诈的行为。然而，倘若我们几乎不相信“罪恶中的幸福”是可能的，我们会有更多的理由相信“美德中的不幸”吗？我们深知，刽子手可以将斯宾诺莎置于死地，令人望而生畏的疾病不会光顾安东尼奥斯·皮尔斯，也不会光顾高纳里尔或里根，但是像这样的痛苦只属于动物，而不属于动物身边的人类。智慧的确已经派遣科学——它最年轻的妹妹——进入命运的王国，它肩负着神圣的使命：逐步缩小身体遭受痛苦的范围。但在这个王国内部有不可逾越的雷区，那里灾难肆意横行，不公平的现象俯拾即是，没有任何转变的迹象。病魔缠身的人一直是这些不公平现象的受害者。

然而，真正的智者却化悲痛为力量，使自己变得更加强大，在可能损兵折将的神秘品性中获得自立和人性的力量。最终，只有当我们意识到，我们只有在自己的内心深处，才能寻找到公正的典范时，我们才能做到真正的不偏不倚。此外，正是命运的不公才使得人类重新在宇宙中占有一席之地。不幸的是，人类像和母亲失散的小孩一样，始终用心急如焚、转瞬即逝的眼光打量着它。我们也不必相信，这些幻灭一定会使道德遭受挫折，因为那些看起来让人黯然神伤的真理，只能转变成强者的勇气，让他们能够接受它。无论如何，真理之所以让人黯然神伤，是因为它是真实情况的反应，远比振奋人心的谎言更有价值。但实际上，真理并不能使人心灰意懒，人类丧失的只是披着勇气的外衣，像勇气一样转瞬即逝的东西而已。那些带给弱者沉重打击的东西只能让强者更强。

一个女人在给自己情人的信中写道："你还记得那一天，我们在窗前并肩而坐，远眺大海，看着白色的帆船不疾不徐、浩浩荡荡地依次驶入海港吗？……啊！那一天又重新浮现在我眼前！……你还记得那只船帆近乎黑色、最后驶入海港的帆船吗？你还记得，在我们分别之际，最后一只帆船的到来向我们发出的分别的信号吗？或许，我们看到了桅杆上飘动的萎靡不振的船帆，我们从中找到了悲伤的理由。但是，深爱彼此的我们已经‘接受’了生活，我们只有笑对分别，因为我们再一次意识到我们心心相印。”是的，这才是我们应该展现出来的，虽然，当黑色的船帆在我们眼前扬起时，我们并不能总是微笑面对，但我们总能在自己的生活中找到一些东西，这些东西能够让我们深陷其中，把悲伤抛在脑后。就像我在前面提到的那位女士，她就深陷爱情里，忘记了离别的悲伤。随着我们眼界的不断开拓，心胸日益豁达，对不公平的抱怨也会日益减少。我们最好铭记于心，我们都是这个世界的产物，和我们脑海中构想出来的尽善尽美的法则相比，那些和我们生活息息相关的东西才更利于我们生存。或许，人类必须学着把自己幸福或快乐的中心点放在别处，而不是自己的内心，这样的时刻已经到来。因为这样的观念在我们心中根深蒂固，所以，在它势不可挡的压力下，我们更加意识到自己的无能为力。但与此同时，我们也意识到，这种力量构成了我们自身的一部分，即使当我们在这种压力下苦苦挣扎时，我们也不得不像年轻的忒斯马科斯赞美其父手臂的力量一样，赞美这种压力。这种出于本能的行动在我们的内心深处，激发了一种强烈的求知欲，一种诚挚的感情，一种令人欣喜的诧异：为什么我们不能说服自己，尊重自然的本能行为呢？

我们倾向于把理性的微光投射到我们的无意识之上，为什么不让它在我们所谓的宇宙的无意识之上发挥作用呢？我们一视同仁地给予两者深切的关注。一个哲学家曾说过："当他意识到自己内心的力量之后，人类最高的特权之一就是意识到自身的无能为力。在吞没了我们的无限与我们拥有的虚无产生的不均衡中，我们的内心涌起了一种庄严的感觉。我们感觉，我们宁愿被一座大山压得粉身碎骨，也不愿意被一颗卵石击中而亡。就好像在战争中，我们宁可在成千上万次的冲锋陷阵中壮烈牺牲，也不愿意沦为一个敌人的牺牲品。随着我们的智力向我们揭示，我们有多么的无能为力，失败带给我们的刺激也就化为乌有了。这谁知道呢？我们已然意识到，和那些已经向我们缴械投降的东西相比，那些已经征服我们的东西似乎离我们更近。在我们所拥有的一切特质中，自尊是最容易发生变化的，因为我们本能地意识到，它从未真正属于我们。那些侍奉至高无上君主的佞臣，他们的自尊很快就会在君主无限的权力中找到光鲜亮丽的立足之地。或许，他所遭受的耻辱会较少地伤害他的自尊心，因为它源于至高无上的王权。如果自然能够稍显平易近人，它也不会表现得如此浩瀚广阔。我们那无拘无束的无限感丝毫不能减少自然的无限性，也丝毫不能减少它的冷漠。在我们的灵魂深处始终存在着一些东西，它们宁愿在无边无际的世界里哭泣，也不愿意限于一隅之地，享受永恒的幸福。”

倘若在面对智者时，命运总是保持着它那一成不变的公正性，那么毋庸置疑，这种法则的存在就足以证明命运的卓荦不羁。但由于命运十分冷漠，它最好如此，甚至应该表现得更为冷漠一些。因为如果不能使宇宙的自尊得以膨胀，人类的种种行为可能会失去其重要性。对于圣贤们来说，失去这种庄严的感觉无关紧要，因为他对大自然的伟大和潜藏在人类内心的伟大有同样的洞察力。为什么我们会因为探索无限而心神不宁呢？已经学会怀疑的人付出多少就会得到多少。

皮埃尔特之死

你听说过巴尔扎克的小说《皮埃尔特》吗？这是一本属于“独身者”系列的书，在巴尔扎克的作品中并不算上乘之作，但其中却包含了许多让我们津津乐道的观点。这是一个关于布列塔尼孤女的故事，这个小姑娘长相甜美、天真无邪，她的祖父母将其视为掌上明珠，突然有一天，一颗灾星把她从她祖父母身边夺走，托付给她的叔叔罗格隆和婶婶西维亚。这对夫妇是生活艰辛、内心愁苦的零售商，他们已经退休在家，生活在一个压抑苦闷的房子里，房子位于死气沉沉的乡镇的后街上。孤独感沉重地笼罩在他们心头，使得他们贪婪而吝啬、愚蠢而又虚荣、孤僻郁闷，出于本能，他们还对生活充满了敌意。

在她的灾难开始之前，这个可怜而又单纯善良的姑娘从来没有踏入这个家门半步。这个家庭里充斥着让人头疼的难题：金钱、经济、堪以告慰的理想、未来要避免的婚姻、暂且搁置的遗产继承问题等一系列复杂的情况。罗格隆夫妇的邻居和朋友对皮埃尔特的痛苦和遭遇长期以来秉持冷眼旁观的态度，因为他们每一种天生的本能都促使他们为强者的胜利拍手称快。最终，皮埃尔特在不幸中离世，她的死亡如同她生前一样不幸。其他的人都在庆祝胜利：罗格隆夫妇、那个面目可憎的律师维尼特以及所有助纣为虐的人。从这以后，这些人依旧过着幸福的日子，没有受到丝毫的影响，命运好像总是在向他们微笑。尽管巴尔扎克自己全然沉迷于这个故事披露的现实，但他几乎懊悔地终结了这个故事，他写下了这样的话："如果这个世界上没有上帝，社会上的邪恶会在我们的法律面前如何肆意横行啊！"

我们无须去小说中寻找此类悲剧，在许多家庭中，这类悲尽管稚气未脱的皮埃尔特命运多舛，遭受残酷的折磨，但她还是体验到了那些恶贯满盈的人未曾体会到的幸福。

For little Pierrette, miserable though she was, and cruelly tormented, did yet experience joys that her tyrants never would know.

剧每天都在上演。

我借用了巴尔扎克小说中的例子，是因为这个故事就在手边，触手可及。关于非正义胜利的故事，我们可以日复一日地延续下去，编纂成一部浩瀚的编年史。这些例子都可以为最高的道德服务，我们也可以从中得出一个莫大的教训。或许，那些绞尽脑汁为命运的不公正寻找借口，以求减少这些教训的道德家们是错误的。上帝把天真无邪者应该得到的奖赏给予他们，一些人对此心满意足。其他人告诉我们，如若这样，并非受害者最有权利获得我们的同情。从许多观点来看，这些看法无疑是正确的，尽管稚气未脱的皮埃尔特命运多舛，遭受残酷的折磨，但她还是体验到了那些恶贯满盈的人未曾体会到的幸福。尽管她的处境令人痛心疾首，但她依然表现得文雅、温和、富有爱心，比起那些隐藏在笑容背后的残忍、怨恨和自私，这些更让人感到幸福。如果你深爱别人但却没有被人爱是不幸的，但更加不幸的是，你根本没有爱的能力。在罗格隆夫妇那微不足道的无耻欲望以及令人嗤之以鼻的快乐，和孩子心中强烈的渴望——她希望不公正的待遇最终能够停止——之间，到底存在着怎样的天壤之别啊？或许，与周围的人比起来，幼小而充满渴望的皮埃尔特并不聪明，但是在那些在劫难逃、不应承受的痛苦面前，一条宽阔的地平线伸展开来。在这条地平线中，再次蕴含了只有最崇高的人才能理解的幸福。甚至就像是地球上的地平线一样，即便你站在山顶也看不见它的踪影，但它时常显得是用天堂的基石铺就而成。

倘若我们待人不公，那么，我们享受的那些物质上的小快乐也会随之减少。但如果我们沉溺于这些快乐之中，我们就会嫉妒我们的受害者。因为，我们的暴行已经打开了通往快乐的大门，而且我们无法从受害者那里剥夺这些快乐——这是我们望尘莫及的快乐，这是一种纯粹的精神快乐。向受害者敞开的大门同时也尘封了施暴者的灵魂，受害者比专横者呼吸着更加清新的空气。在受害者的心里，闪耀着灿烂夺目的光辉，而施暴者的心里只有忧郁和苦闷。幸福所依赖的不就是我们心中的那片光明吗？招致不幸的人，他们在自己的灵魂深处扼杀的幸福，要远远超过那些他所打击的人。如果强迫我们中的某个人做出选择的话，又有谁宁愿成为皮埃尔特，而不愿意成为罗格隆呢？尽管那些道德上的错误是由至高无上的君主所为，但对于道德正确的人比道德错误的人生活幸福，我们内在的本能根本无须细述。即使罗格隆夫妇并没有意识到他们的不公，这也无关紧要，因为无论我们是否意识到我们所犯的罪行，我们周倘若我的怀疑比你的信仰更伟大、更崇高、更真挚，倘若它更加深入地洞察了我的灵魂，倘若它横贯了更加宽广的地平线，倘若它热爱更多的东西，那么，我一定比你幸福。

I shall be happier than you, if my doubt is greater, and nobler, and more earnest than is your faith; if it has probed more deeply into my soul, traversed wider horizons, if there are more things it has loved.

围的氛围依然紧张，我们的呼吸依然困难。不仅如此，更有甚者——那些对自己所犯错误一清二楚的人，或许，他们的心中有强烈的愿望想要逃离牢笼，但另一个人却死在牢笼中。那个牢笼向他隐藏了人类真正的命运，甚至他的思想都无法突破这个暗无天日的牢笼。

正义的存在

为什么在不存在正义的地方寻求正义？除了我们的灵魂中，哪里还存在正义呢？正义的语言是人类精神的自然语言，但是这种精神在徜徉宇宙之前必须掌握新的语言，正义是宇宙所关心的最后一件事情。它心无旁骛地保持均衡。正如蜂蜜不过是花朵中所能找到的甜蜜物质的转化物一样，正义也不过是这种均衡的转化物而已。正义不存在于人类之外，非正义也不存在于人类之内。或许，人类的身体纵情于非法获得的欢愉中，但只有美德能够使灵魂获得满足。我们内心的幸福由一个公正无私的法官加以评判，只是绞尽脑汁地去贿赂这位法官，那么，最终他放置在光彩夺目的天平上的那些真正的幸福只能进一步减少。可悲的是，罗格隆能够折磨一个孤立无援的孩子，使得生命中的某些时刻变得暗淡无光，同时浪费了世人给予他的机会。但倘若他的邪恶使他得享内心的幸福和平静，获得了崇高的思想和习惯，而斯宾诺莎和马可·奥勒利乌斯通过经年累月的沉思和爱才获得了这一切，这只能用不公平加以解释。或许，在作恶的过程中，会产生些许智力上的快感，但任何歪门邪道的行为都会折断我们思想的翅膀，最终，他们只能在稍纵即逝、属于私人的东西中匍匐前进。我们处事不公只能说明我们尚未把握住幸福的含义。在罪恶中——将事情最主要的要素归纳起来，你会发现，甚至作恶多端的人也在寻求某种程度的安宁，即某种灵魂的升华。或许，他们会感到幸福，他们为能够得到这样的施舍而欣喜不已，可对于马可·奥勒利乌斯来说，他对崇高的安宁一清二楚，对灵魂的萌动也心知肚明，这种幸福能让他心满意足吗？把一个浩荡无际的湖泊呈现在一个未曾见过大海的孩子面前，他们会欣喜若狂、手舞足蹈，认为呈现在他们眼前的就是大海。可是，真正的大海依旧没有出现。

或许，日复一日，一个人的虚荣、妒忌和冷漠能够为其赢得一些微乎其微的胜利，而他也因这些胜利而倍感幸福。深谋远虑的我们会为他拥有这种幸福而羡慕不已吗？我们还会为了他的生命意识、取悦他灵魂的宗教信仰、证明其忧虑合情合理的宇宙观念而孜孜不倦地奋斗吗？然而，正是这些东西构筑了幸福萌动的堤岸，就像那河流一样，时而清澈见底，时而深不可测。或许，他相信上帝是存在的，抑或他相信上帝是不存在的；世间的一切都将结束，抑或是这一切都将延续到来生；世间的一切事物都是物质的，抑或是一切都是精神的。他们会像智者一样对此毫不怀疑，但你认为，他们信任的方式会毫无二致吗？无所畏惧地面对生活，不是曲意逢迎、卑躬屈膝，而是像她的儿子们那样，敢于质疑和探索，去接受自然的法则，在我们的灵魂深处拥有自信和平静，这些都是走向幸福的信念。但是仅有信念是不够的，一切还将依赖于我们信仰的方式。或许，我会相信，这世上并无上帝，我并没有受到他人的影响，我在此短暂停留也没有任何目的。在这个无穷无尽的世界构成中，我的存在就像是昙花一现，微不足道。出于刻骨铭心的宗教精神，或许，我会心潮澎湃地对所有的一切深信不疑。出于上帝对你的无限呵护和珍视，你可能对这个无所不能的上帝深信不疑。但是，你的信仰可能就会显得卑劣、无足轻重和渺小。倘若我的怀疑比你的信仰更伟大、更崇高、更真挚，倘若它更加深入地洞察了我的灵魂，倘若它横贯了更加宽广的地平线，倘若它热爱更多的东西，那么，我一定比你幸福。倘若支持我的我们所选择的东西不过是我们偶尔买来的奴隶，它们死气沉沉、软弱无力、胆小羞怯、独来独往，每时每刻都在伺机逃走。

Those we have chosen are only slaves we have happened to buy; and their life is but feeble; they hold themselves shyly aloof, ever watching for a chance to escape.

怀疑的那些思想和情感，比你的信仰所依赖的那些东西更纯净、更广阔，那么，我所怀疑的上帝比你所依赖的上帝更强大，并让我感到无上的安慰。因为实际上，信仰和怀疑只是泛泛而论，我们信仰或怀疑的理由却没有那么忠诚、那么伟大、那么深奥。

精神空间的扩展

我们并没有选择这些理智，它们是不得不赢取的奖赏。我们所选择的东西不过是我们偶尔买来的奴隶，它们死气沉沉、软弱无力、胆小羞怯、独来独往，每时每刻都在伺机逃走。但是，我们应得的理智却和我们形影相随，未曾背离。它们就像是沉思的安提戈涅，我们始终都能依靠它们的帮助。这些理智不能强制性地安排在灵魂中，实际上，它们应该自初期就渗透在我们的灵魂之中，在此度过它们的童年时光，滋养我们内心的每一个思想、每一个行动，唤醒奉献和爱情生活的印记必须时刻萦绕在他们的脑海中。随着理智逐渐在我们内心扎根，我们灵魂中的迷雾逐渐散去，展现在我们眼前的是一个更加广阔的视野。幸福的视野也随之扩宽，因为只有在空间中，围绕着我们幸福的思想和情感才能无拘无束地呼吸。它无须物质空间，但他们发现，我们为之开拓的精神空间永远仅限于一隅之地。因此，我们必须孜孜不倦地努力，去拓展它的领域。直到这一刻到来：它翱翔于天际，在它自己拓展的广阔空间中找寻到足够的滋养品。到那时，也只有到那时，幸福才能真正激发人类最永恒、最富人性的部分。的确，幸福的其他形式不过是这种伟大幸福中的无意识片段，当这种伟大的幸福沉思并注视着眼前的一切时，关于自身及周围的一切，它都没有发现存在任何局限。

思想和行动

这个空间在那些行凶作恶之人的身上应日益缩小，与此同时，必须保证他们的思想和情感的空间也在日益缩小。但是，那些思想境界只要稍有提升的人，就会放弃各种邪恶的手段。倘若你对其探本究源，你就会发现，它们源于空洞无物的情感和尚不完善的思想。他不再作恶多端，因为他的思想变得更加纯洁、更加高尚。既然他不再为非作歹，他的思想就会变得更加纯洁，我们的行为和思想亦是如此。他们的行为和思想开辟在我们的灵魂深处，一切都将得到衡量和判断，而判决权就在我们自己手中，或者说，幸福就是我们的审判官。

All is forever being weighed and judged in our soul. It is we who shall judge ourselves; or rather, our happiness is our judge.

出进入祥和的天堂之路，在那里，灵魂畅通无阻，我们的思想和行动就如同鸟儿密不可分的双翼一般。在此，对于鸟儿来说，只不过是平衡法则转变成了正义法则而已。

罪人的灵魂

除非在灵魂中，这种源于邪恶的满足混合着若隐若现的欲望、承诺、一个对于美德或怜悯的遥远希望，否则，谁又能说，这种满足能够永远在灵魂中扩散？

卑鄙的人利用权力使受害者屈服，或许，他的快乐不能在沮丧和徒劳中获得补偿，只有在他脑海中一闪而过的宽仁思想才能给他带来快乐。罪恶看起来有时被迫乞求一束来自于美德的光线，以使自己的胜利光彩夺目。一个人在邪恶中露出灿烂的笑容，而这笑容中丝毫不包含爱意，你觉得这可能吗？但这笑容稍纵即逝，因为和在其他地方一样，此处不存在内心的不公正。在我们的灵魂深处，幸福的高度总是和仁慈和正义的高度相一致——在此使用仁慈和正义这两个词实在不尽如人意，因为的确，除了整日计算那些珍贵的东西便无所事事的正义之外，仁慈和爱又是什么呢？

那些到邪恶中寻找幸福的人，只不过是在证明，和那些在一旁冷眼旁观、和他针锋相对的人相比，他的幸福要少得多。然而，他的目的和正直者的目的毫无二致，都是为了寻求幸福、某种内心的安宁和必然。我们用什么来处罚他们呢？我们不能责备贫苦大众，因为他们的房屋并非宫殿，被迫生活在茅舍中已经够惨不忍睹的了。那些有远见卓识的人明白，即便是最不公正的人，他的灵魂中也依然存在着正义、正义具备的属性、纯洁无瑕的外表以及神圣的活力。他深知，无论在什么时候，罪人的灵魂总是在平衡爱与平静以及生命意识的关系，他的灵魂和哲学家、圣贤和英雄的灵魂同样一丝不苟。它凝视着大地和天空的微笑，也意识到这笑容为何被破坏、分解和毒害。就像是蜜蜂在一个本身不能酿造蜂蜜的世界中酿造蜂蜜一样，蜜蜂并没有什么错。或许，我们在一个对正义不屑一顾的宇宙中，我们对正义倾耳注目，这本身并没有错。我们错就错在，即使我们知道外部正义并不存在，我们依旧对它抱有期望。存在于我们内心的东西就已经足够了，在我们的灵魂深处，一切都将得到衡量和判断，而判决权就在我们自己手中，或者说，幸福就是我们的审判官。

这些忘恩负义的行为让他懂得，相比于感恩的心来说，宽仁之心中包含了更多的快乐。这些快乐带有更少的个人色彩，并且和整个生活更加和谐一致。

But he is taught by ingratitude that benevolence contains joys that are greater than those that gratitude can bestow; joys that are less personal, but more in harmony with life as a whole.

正义之爱

或许，有些人竭力主张，那些怀瑾握瑜之人也常常遭受失败，也会心灰意懒，这和行恶之人大同小异。但是，他们的失败和失望带来的并非沮丧和悲痛，因为，它们只会抚慰我们的灵魂，启蒙我们的思想。或许一个充满美德的行为会徒劳无功，但那时最重要的是，我们学会了测量生命和灵魂的深度。通常情况下，这些行为就像是一块灿烂夺目的石头落入深渊，在它旁边，我们的思想就会黯然失色，显得空洞无物。随着每一个阴谋诡计都在皮埃尔特的纯真面前败下阵来，罗格隆太太的灵魂就会重新束手无策。然而，提多的宽仁降临到忘恩负义的土地上，引诱他举目远眺，其视线远在爱和宽恕之上。即便使用正义之墙，如果把世界拒之门外，我们也将一无所获。对于那些怀瑾握瑜的人来说，他们的手势应该和天使打开大门的手势一模一样。我们应该为我们的醒悟感到高兴。因为，倘若是出于命运的意志，我们的宽容会让我们化敌为友。那么，当我们走向坟墓的那一刻，我们仍未察觉到，在并不明智的仁慈之下，我们的内心所萌生的一切，而且我们并不会为我们的不明智感到丝毫的遗憾。在弥留之际，我们不应该把灵魂中尽善尽美的东西和阻碍生活的种种力量相提并论。浪费了仁慈的行为，落在贫瘠土地上的崇高或忠诚的思想也付之东流。这些东西自有它们的价值，因为它们散发出来的光芒和美德的胜利之光迥然不同，或许，我们可以从不同的角度看到一些新奇的东西。如果爱一直处于不败之地，我们一定会满心欢喜。

然而，倘若我们放弃这种幻象，径直走向真理的话，我们就会发现更大的快乐。一位英年早逝的哲学家曾说过：“在人类的整个历史进程中，人类总是倾向于把自己的尊严建立在失误之上，总是认为真理对自己不屑一顾。或许，真理有时候看起来并不如幻觉那样光彩照人，但它具备真实性，这正是它的优势所在。在整个思想领域里，没有什么东西比真理更加高尚。”在此不存在什么痛苦，因为对于圣贤们来说，真理是不会让人痛苦的。他也曾有过渴望，也曾设想真理能够创造奇迹。爱的行动或许能够软化人类的心灵，但如今，他宁可事情不是这个样子。并非是过分的骄傲使他改变，他也并不认为，自己比全宇宙的人更有道德。在整个宇宙中，他的存在无足轻重，对此他自己一清二楚。对于植根于他灵魂深处的正义之爱，他给予精心的照料，不是为了它所结出的精神果实，而是为了朝气蓬勃、在其心中怒放的花朵，因为他对一切创造物都心怀敬重之情。他不会咒骂忘恩负义的朋友，甚至对翻脸无情的人们也毫无怨言。他不会说“我比那个人好得多”，或者“我不会像他那样作恶多端”。但这些忘恩负义的行为让他懂得，相比于感恩的心来说，宽仁之心中包含了更多的快乐。这些快乐带有更少的个人色彩，并且和整个生活更加和谐一致。比起他竭尽全力相信他所期望的一切，在他试图理解这些的过程中，他获得了更多的快乐。

一直以来，他就像是一个被突然从茅草屋中带走、住进金碧辉煌宫殿的乞丐。他一觉醒来，惶恐不安地打量着周围的一切。在那个富丽堂皇的大厅中，他努力地寻找他曾在蓬门荜户中使用过的破旧不堪的东西：壁炉、床、桌子、凳子、脸盆都在哪里？他的手中仍然摇晃着守夜时粗陋的火把，可火光却照不到高高的天花板。微弱的火焰发出若有若无的光亮，投射到附近的柱子上，那柱子是茫茫黑暗中唯一引人注目的东西。但日复一日，他的眼睛逐渐适应了新的居所。他从一个房间漫步到另一个房间，就像火把照亮的一切让他欣喜若狂一样，火把留在黑暗中的一切也让他大喜过望。起初，他心里希望大门能够更低一点，楼梯也不用那么宽敞，黑暗中的走廊也不要这样错综复杂。但是，随着他径直往前走，他发现，这座宫殿所拥有的壮观和美丽，和他想象中的房屋的美丽也不完全一致。他欣喜地发现，这里和他的小茅屋不同，床和桌子在所有的东西中并不占据中心的位置。他所遭受的苦难使他形成了一些谦恭的习惯，但让他满意的是，这座宫殿并不是依照那些谦恭的习惯而建造的。他甚至啧啧称赞那些让他希望落空的东西，因为，那些东西让他的眼光更加长远。圣贤们能从一切现存的事物中寻找慰藉，并使自己变得更加强大，因为智慧的本质就是探索一切存在的事物，并把自己融于这些事物之中。

思考的价值

智慧甚至接纳了罗格隆夫人，因为与美德和正义比起来，她所把握的生活更加深刻有益。当一种在空想中迷失方向的美德，和一种卑不足道、与世隔绝的生活争相吸引她的注意力时，她倾向于选择卑微低下的生活，而不是傲慢冷漠、华而不实的美德。智慧的本性不会睥睨一切。的确，在这个世界上，只可以真正地轻视一样东西，那就是轻视本身。对于那些大脑不会思考，浑浑噩噩过日子的人，思想家们通常会嗤之以鼻。毋庸置疑，思考具有很高的价值。首先，我们应该竭尽全力，频繁和充分地思考问题。但是，尽管如此，认为拥有或缺乏处理一般观念的能力，会在人们之间形成一种障碍，这还是有点不符合事实。毕竟，一个最伟大的思想家和一个最卑微的小市民之间的差别，往往只是一个偶尔能够表述自己的真理和一个尚未成型的真理之间的差别。这种差异至关重要，但它只是一条裂缝，而不是一道深渊。

随着我们的思想逐渐升华，那些经常沉思的人和那些不经常思考的人之间的差别，也变得更加空洞无物，变得更加武断任意。在那些小市民心中，充满了令我们嗤之以鼻的偏见和欲望，他们的思想微不足道、零星琐碎，有时甚至十分卑劣。然而，在最基本的生活环境面前，在爱、悲痛、死亡面前，在某种需要真正的英雄主义的事物面前，让他们和圣贤们并肩而坐，你会发现，圣贤们不止一次向他身边这位卑微的朋友求助。就像是求助于一个真理守护者，这个守护者和自己一样，知识渊博且富有深刻的人性。有些时候，圣贤们意识到，他们的精神财富一文不值，只是几句话以及一些习惯，将他和其他人区分开来。甚至有时候，他自己对这些话的价值也深表怀疑，这就是智慧之花竞相开放的时候。思想有时也会诳时惑众，误入歧途的思想家们必须时常回到那些思想从未改变的人所在的地点，他们依然围坐在沉默不语、必不可少的真理周围，忠贞不渝地守护着它。他们是部落营火的守护者，其他人都在这里点燃火把，离开部落云游四方。但当狂风大作，威胁到那微弱的火焰时，掉转回头再次靠近那团营火，这绝对是明智之举。

这团营火似乎从来未曾离开它经常所在的那个地方，但实际上，它一直未曾止步，和整个宇宙并驾齐驱。在宇宙的表盘上，这些火焰标志着人性的刻度，有多少惰性力量应该归功于思想家，对此我们一清二楚。但是，我们已然忘记，思想家也应该对这些惰性力量表示深深的感谢。在一个所有人都是思想家的世界里，或许，不止一个必不可少的真理会永远迷失方向。因为的确，思想家不能丝毫不接触那些从不思考的人，如果那样的话，他的思想很快就会有失公允，深刻性也将不复存在。鄙视易如反掌，而理解则不然。在真正的智者的脑海中，丝毫不存在藐视的影子，它迟早也会变成充分的理解。一种思想若是能轻蔑地从一大群悄无声息的人头顶飞逝而过，而没有辨认出无数沉睡其中的兄弟姐妹，通常情况下，这样的思想不过是一场毫无结果的噩梦而已。我们的确应当时时提醒自己，精神倘若我们能以大自然的方式来看待这些行为，以大自然的思想和感情来领悟这些行为，我们就会意识到，贯穿这些生活的千篇一律的平凡，仅从它的一致性上来看，这些生活就不可能是真正平凡的。

If we could see these things as nature sees them, with her thoughts and feelings, we should realize that the uniform mediocrity that runs through these lives cannot truly be mediocre, from the mere fact of its uniformity.

的大气层和物质的大气层一样，为了让人类更好地呼吸，我们需要比氧气更多的氮气。

卑微者的生活

像巴尔扎克那样的思想家，他们钟情于研究卑微者的生活，我们也不必对此大惊小怪。他们身上普遍存在着永恒的同一性，他们周围的氛围，每一个世纪都会发生刻骨铭心的变化。头顶的天空已经发生了翻天覆地的变化，然而，这些简单质朴的生活依旧保持着一如过往的方式，没有发生任何改变。正是这些固定不变的方式讲述着变幻莫测的天空。英雄主义的伟大行为让我们心驰神往，我们的目光并不能游离于行动之外，但是微不足道的思想和行动却引领我们超越这些行动的范围。难道人类智慧那颗闪耀的星辰不就在那个范围之内吗？倘若我们能以大自然的方式来看待这些行为，以大自然的思想和感情来领悟这些行为，我们就会意识到，贯穿这些生活的千篇一律的平凡，仅从它的一致性上来看，这些生活就不可能是真正平凡的。的确，这一点无关紧要。在任何情况下，我们都不能站在自己灵魂的高度去评判另一个灵魂，无论起初，对于我们来说，一个生命是多么的微不足道。就像我们的灵魂从阴影中摆脱出来一样，弥漫在他们周围的阴影也会渐渐消散。只要是映入我们眼帘的东西，就不会渺小到不值得我们去爱。在我们不能爱的地方，我们只能将我们的灯高高举起，一直举到它能够和爱比肩，然后，让它的光芒照耀四方。只要每天都有一束光线从我们的灵魂中散射出去，我们就会心满意足。至于光线会降临何处，这其实无关紧要。在这个世界上，和你深入领悟的东西相比，没有一样你所注视或思考的东西包含有更多的财富；也没有一件东西如同米粒之珠，在灵魂能够忽视的光线内，在最多能够微弱闪烁的光线内显得光彩夺目。

生命的本质

去除那些让我们迷惑不解的细枝末节之后，我们还能在日常生活中寻找到人类命运最本质的东西吗？达到极致的道德，它所付出的艰苦卓绝的努力对于那些亲眼看见的人来说是无与伦比的。但是，即便是沙漠中一棵顾影自怜的树，敏锐的观察者也会发出由衷的赞叹。他沉思之后再次回到森林，那里没有什么树木能让人啧啧称奇，只有不计其数的寻常树木。毫无疑问，那一望无际的森林是由普通的树枝和树干组成的。既然它是森林，难道它不应该是一望无际的吗？难道它本不就应该如此吗？毫无例外，我们总要得出定论。然而，实际上，我们所谓的极致不过是对完全正常的事物的更清晰、更深刻的理解。

通常情况下，我们全神贯注于那些在山顶作战的人，这当然是有好处的。但我们最好也不要忘记，那些山谷中完全置身事外的人。因为，对于这些置身事外的人来说，我们清楚发生在他们身上的一切事情。因为我们意识到，在我们能正确区分出他们狭隘的快乐和山顶作战之人的快乐之前，我们的内心经历了怎样的苦苦挣扎。或许到那时，战争本身就显得不那么重要了。但即便如此，我们还是越发热爱这场战争了。对于我们来说，悄然而至的奖赏更让我们心生甜蜜，对幸福守口如瓶的做法就不会达到这样的效果——像一个刁滑奸诈的奉承者可能觉得他把握住了命运对他的垂青。或许只是因为，只有当幸福在我们耳边窃窃私语，没有让其他人知道时，它才不会给予我们从兄弟的份额中窃取的快乐。当我们注视着那些兄弟们时，我们不再对自己说："我和这些人之间的距离是多么遥远啊！"但是到最后，我们会以简单的方式，悄声自语道："我的思想变得越崇高，我和我最卑贱的朋友就越密不可分——他们是世界上数量最多的生物。我朝着变幻无常的理想所迈出的每一步，就意味着距离那些由于我早年的虚荣和无知而轻视过的人更近一步。”

究竟什么是卑贱的生命呢？我们把那些对自己不屑一顾的生命，在起源地把自己耗尽的生命，把自己的感情和思想、欲望和激情都倾注在无关紧要的事情上的生命，称为卑贱的生命。但是，为了那个看起来伟大的生命而注视另一个生命，这样就足够了。生命本身无所谓伟大或渺小，生命之所以伟大是由于那双注视着它们的眼睛。那些大家推崇备至、认为其目光长远的伟人，其实是一个长期以来，在内心深处习惯以崇高的姿态审视自己的人。如果你没有这样做过，你的生活一定很狭窄。然而，那个观察你生活的人，他能够在你占据的那个阴暗晦涩的角落里，辨别出一些真知灼见的东西。而这些东西正是他生存的立足点。在那里，他会获得一种更加确切无疑、更富人性的力量，他的思想也会随着这股力量而升华。在我们的周围，没有一个生命在最初就是碌碌无为、枯燥乏味、了无生气的。我们的灵魂和一个白发苍颜的老处女、一个木讷寡言的农夫、一个拜金主义的守财奴的灵魂有什么共同之处呢？诸如此类的东西和一种根深蒂固的感情、一种对人性无边无际的爱、一种时光不能磨灭的兴趣之间，存在着什么联系呢？

然而，倘若让一个巴尔扎克走出来站在他们中间，让他去耳闻目睹，一种在老式的乡村客厅中存在和消逝的情绪，就像丝毫不差地找到了通往内心生命之源的道路一样，就像是支配国王生命的高涨的激情，从耀眼夺目的王位之上发出的胜利光芒一样，激烈地撩拨我们的心弦。在巴尔扎克对卑贱者生活的所有研究中，最闻名遐迩的就是《杜尔的本堂神父》。他在其中说："某些心灵的小悸动就能在灵魂深处产生满腔的激情，这些激情足以支配至关重要的社会利益。人们认为，只有那些心中充满着宏伟蓝图，在焦躁和狂热中度日的人，时光才会飞逝而过。这难道不是一种误解吗？神父特鲁伯特度过的分分秒秒无不生机勃勃，无不担负着焦虑思想的负担，无不伴随着诚挚的希望和深切的绝望，这和赌徒、投机者和情人那最绝望的时刻没有什么区别。只有上帝能够告诉我们，为了征服他人，征服万物，征服自己，我们需要付出多大的精力。或许，我们并不能始终意识到，我们是否冠绝一时，但是，我们却充分意识到旅途的乏味和疲惫。不过——如果历史学家暂且将他正在讲述的故事放在一边，充当起批评家的角色——当你把目光停留在那些老处女和那两个牧师的生活上，试图找到搅动他们心弦的那些悲伤的缘由，或许，你会发现，为了在人类的内心深处，培养一种能让生活变得更加高尚的品质，为了使人类的视野变得越来越广阔，为了抑制司空见惯的利己主义，人类必须经历某种激情。”

他说的不假。我们应该热爱光明，并不是为了光明本身，而是为了光明所照亮的东西。山上灯火通明，可是却一个人都没有。在人头攒动的地方，或许，人们常用火炬来照明。正是在卑贱的生命中，我们发现了伟大生命的本质，通过审视最狭隘的情感，我们使自己的情感得到了升华。并不是出于这些情感所激发的抵触心理，而是它们不再和支配我们的那些崇高真理相契合。能够想象一种比日常生活更美好的生活，那当然是再好不过的了，但是，这些更美好生活的要素，也一定是来源于日常生活中。有人告诉我们，我们应该深谋远虑，我们的目光应该远远高于生活。不过，或许更好的是，我们应该勇往直前，在烟雾弥漫的地平线上，一处山巅清晰地显现出来，正是在这山巅之上，寄托着一切希望和梦想。

外部命运

我们又一次回到了外部命运这个话题上，然而，外部的痛苦让我们流下的眼泪并非只是人们所熟知的那种眼泪。在我们推崇备至的圣贤心中，一定充满了人类的一切情感，因为只有依靠内心所知的感情，他的智慧才能确定无疑地获得滋养。他们是大自然的工匠，受大自然的派遣来帮助我们修建意识的宫殿——换句话说，就是我们幸福的宫殿。那些拒绝这些工匠的帮助，认为仅凭一己之力就能够举起生活巨石的人，将会永远把他的灵魂封闭在空空如也、阴暗晦涩的小房间里。智者懂得净化自己的灵魂，而扼杀灵魂永远不是智慧的象征。的确，当我们站在时光隧道中，这些东西都受到我们所处位置的支配。对于我们中的一些人来说，道德上的缺陷就像是一些下行的楼梯，而对于其他人来说，它能够引领我们更上一层楼。或许，智者有时也会做一些愚人所做的事，然而，后者却受到感情的支配，成为本能可怜的奴隶。不过最终，智者的情感会照亮他意识中许多模糊不清的东西。或许，他爱得疯狂并非明智之举；不过毫无疑问，倘若爱得疯狂，比起始终精明地去爱，他将获得更多的智慧。在空虚和惰性中获得勃勃生机的不是智慧，而是一种百无一用的骄傲。虽然，我们不能言之凿凿地宣称，智者和英雄会做什么，但是，只是知道我们应该做什么也是不够的。一本书在一天之内就能够教会我们这样的事情。想要过一种高尚的生活，然后在一间小房子里退隐，沉思这一意图也是不够的。这样获得的智慧并不能达到引导或美化心灵的目的，就像是其他人给你提供的建议一样，作用微乎其微。一条印度格言如是说："我们应该在暴风雨之后的静谧中，而不是之前的静默中，寻找那枝含苞待放的花朵。"

平凡中的力量

在生活的道路上，怀着满腔热忱的旅客，随着旅途的延伸，会对最谦逊、最质朴的生存法则所表现出来的美、智慧和真理越加深信不疑。美、智慧和真理，这三者的一致性普遍存在于日常生活中，对于日常生活也至关重要。单凭这些，就能够使旅客们羡慕不已。长此以往，他也就不再对那些反常的东西赞叹不已了。他既不孜孜以求，也不满心期待它的到来，因为不久他就会明白，当他沉思于大自然的浩瀚无际时，当他思考着它那不疾不徐、单调乏味的运动时，我们的无知和空虚所产生的荒谬的自负，才是所有事物中最反常的东西。

当时光老人经过，他们也不再用乞求稀奇古怪、出人意料的冒险方式来打扰他。只有那些尚未学会对生活和自己充满信心的人，才会做这样的事情。他不再置身事外，等待着取得丰功伟绩的机会，因为在人类的每一个活动中，他都能感受到自己的存在。他不再奢望死亡、友谊或爱情向他走来时，装饰着幻想编织的花环、伴随着预兆、巧合或预言。但是当它们衣不蔽体、质朴单纯地到来时，它们始终确信，自己能够受到他的热烈欢迎。对于那些弱者、无所事事的人、行事鲁莽的人所认为的崇高和罕见的一切，他都深信不疑。他还相信，人类能够在勇敢无畏、全然接受的质朴生活中，发现可以与英雄行为相媲美的行为。他不再认为自己是天之骄子，但是，他的幸福、意识和内心的平静，已经使他获得了他因为骄傲而失去的一切。一旦认识到这一点，圣·泰蕾莎或杰·德·拉·克罗利克斯神奇的冒险、神秘莫测的狂喜、传说里爱情故事中发生的不可思议的事件，亚历山大或拿破仑身上闪耀的星光，和一个忠诚不渝、抱诚守真的人所拥有的健康智慧相比，所有的这些都不过是幼稚的幻想。这个人并不期望凌驾于他的伙伴之上，以便于能够感受到他们不能感受到的一切，而是在所有人矢志不渝的感情中，他的心灵和头脑找到了所需要的光明。

最真诚的人心无旁骛，只是想成为一个真正的人。有多少人知道，为了一睹从未划过天际的彗星，他们在天空中苦苦寻找，这使他们蹉跎了多少年华。但是，他们却对恒星不屑一顾，因为它们俯拾即是，而且不计其数。对于非凡事物的孜孜渴求正是普通人专有的弱点，这些人没有领悟到。对我们来说，事物越是普通，越是平常，越是一致，我们就越能领悟到这种一致性中所包含的无穷快乐，我们就越接近真理，越能够体会到我们赖以生存的伟大力量中所包含的那份宁静。在这个世界上，还有比覆盖地球表面三分之二的海洋更正常的事物吗？还有比海洋更浩瀚辽阔的吗？人类所拥有的每一种思想、每一份感情、每一个行动中所包含的美丽和崇高，都能在最质朴、最寻常的生活中找到最充分的表达。人类不能表达的一切事物，必然都属于空洞的谎言、无知或倦怠。

幸福的机会

这是否意味着智者和其他人一样，不能从生活中期待更多的东西？他应该热爱平淡无奇的生活，限制自己的欲望，满足于微乎其微的东西。由于害怕幸福从他身边溜走，他就对自己的幸福加以限制吗？情况绝非如此。如果一种智慧过于轻率地放弃了属于人类的合情合理的希望，这种智慧就是残缺不全、苍白无力的。尽管有人并不赞成这种说法，尽管人类的一些希望有时候过于求全责备，但它们还是合情合理的。

或许，对于周围的人来说，我们的幸福并非出类拔萃，但是这绝不意味着我们并不幸福。我们拥有越多的智慧，我们就越容易感受到，幸福在我们的掌控之中，没有比幸福带来的静谧时光更让人啧啧称羡的礼物了。圣贤们已经学会了鼓动和热爱生活的沉默本质，只有在这沉默的本质中，人们才能找到真切的快乐，因为异常的幸福永远不会有勇气陪伴我们进入坟墓。生活波澜不惊，没有幸福和希望专门的低声细语。但这样的生活对我们来说同样珍贵，我们就像迎接其他生活一样迎接它的到来。在向我们走来的日子里，它穿越了毫无二致的世界和空间，就像那些我们端坐在王位上或沉迷于伟大的爱情时的时光。或许，由于它们用覆盖物遮掩起来，这样的时光并不是那样光彩夺目。然而，或许我们能更充分地依赖于它们卑微的贡献。在沉默中流逝的年华中，和在喧嚣中向我们走来的时光中，都拥有一些永恒的时刻。实际上，是我们自己在向自己诉说那时光好像要诉说的一切。因为，和我们形影相随的时光始终是一位面带羞涩、局促不安的宾客，他们会随着主人微笑而微笑，如果主人的眼角湿润，他们也会随之哭泣。

时光未曾担负起要给我们带来幸福的使命，而是我们应该抚慰在我们灵魂深处寻找庇护所的时光。聪明之人总是能找到抚慰的话，并在门口对他的客人低声细语。我们不应该让幸福的机会从我们身边溜走，而幸福最简单的理由应该永久地保存在我们的灵魂中。倘若一开始就能像人类想象的那样去理解幸福，这当然是极好的。这样的话，以后我们就能有充分的理由选择属于自己的幸福。因为在此，它和我们所谓的爱并无不同。为了了解什么是真正的爱，首先，我们必须深爱一场，而最初的爱一定烟消云散了。了解物质幸福也是好的，因为它教会我们去何处寻找更高尚的快乐。或许，在倾听时光纵情嬉戏时的大声喧嚣中，我们慢慢学到的一切不过是静默时光的语言。世上有许多这样的语言，它们接踵而至，浩浩荡荡，以至于背叛和溃逃都是不可想象的。因此，圣贤们只能依靠它们。飞逝而过、不可名状的时光将笑容和神秘莫测的珠宝隐藏其后，能够察觉到这些的人，一定是幸福的人。如果这些珠宝不在我们自己身上，我们又将去何处找寻呢？

智者的谦逊

然而，在所有的事物中，存在着一种卑劣的判断力，它和我们在此讲到的智慧毫不相干。与其在壁炉旁昏昏欲睡，等待着永远都不会到来的幸福，我们甚至不如耗费心力，围绕着徒劳无益的幸福。只有那些已经奉献给大众，但却无人接受的快乐，才会去叩击将自己封闭起来的人的心门。还有一些人，他们严格地控制着自己的感情，但当理性下达命令或经验向他们低声细语时，他们便犹豫不决。这样的人并不是明智之人，对自己的朋友疑神疑鬼。总是想着这段友谊可能会终结的人也是不明智的，因为害怕爱情可能会触礁而畏缩不前的人，也非明智之人。因为在此，如果我们失败二十次，我们只是为幸福耗费了极易失去的那部分精力。除了将这部分精力投入到无瑕的幸福中去，到底什么才是智慧呢？为了变得智慧，首先，我们应该变得幸福，或许这样，我们就不太关注到底什么是幸福了。我们应该尽可能地幸福，而且我们的幸福应该尽量持久。

那些能够从自身出发，通过幸福之门的人，比通过悲伤之门的人，了解到更加无拘无束的自由。圣贤们的幸福不仅启发了他们的心，而且也照亮了他们的灵魂，而在通常情况下，悲伤只能启发他们的心而已。人们几乎可以将一个从未有过幸福的人，比作始终在黑暗中行路的旅客。此外，在幸福中，你能够获得一种在悲哀中不曾获得的更深切、更高尚、更纯洁、更广泛的谦逊。有些谦逊甚至能够与寄生的美德相媲美，例如，徒劳无益的自我牺牲、武断专横的贞操、盲目的服从、茫然无绪的放弃、忏悔、虚伪的羞愧，不一而足。这些东西从远古时代起，就偏离了人类道德流经的轨道，迫使它们进入了一个死气沉沉的水塘，而我们的记忆仍旧在这个水塘周围徘徊流连。在此，我论及的不是奸诈狡猾、工于心计的谦逊，也不是至多植根于骄傲中的胆怯，而像一笔把我们今天的空虚拖延到明天的高利贷。甚至有时连智者也认为，应该在自尊中放低姿态，在自己和别人进行比较时，应该否定自己的优点。或许，这类谦虚可以使我们的生活准则充满魅力，但是，即便谦逊是出于真诚，它却打击了我们对自己的忠诚，而这份忠诚才是我们最应该予以重视的。

毋庸置疑，谦逊一定意味着某种良心的胆怯，但是圣贤们的良知既不应该藏匿胆怯，也不应该包庇羞耻。在这个充满了个人色彩的谦逊旁边，存在着另一种延及一切事物的谦逊，它崇高而强大，它以我们头脑中、心灵中、灵魂中一切最美好的事物为生。正是谦逊使得人类的希望和冒险泾渭分明，让我们不只是关注于那些我们视为壮观的东西，它教会我们在何处寻找人类真正的重要性。这种重要性不在于他是什么人，而在于他的眼睛所关注的事物，在于他竭尽全力想要接受和领悟的东西。的确，悲伤也能够引领我们进入这个谦逊王国，但它却催促我们赶紧通过，走上了另一条通往希望的神秘之门的道路。就是在这个入口处，我们蹉跎了不少时日。幸福却与之截然相反。最初的几个小时中，它可能无所事事，在这之后，它就会悄无声息地引领我们跋山涉水，最终到达那个意料之外、难以企及的地方。当圣贤们意识到，最终，他们将拥有人类应该拥有的一切东西时，他也开始领悟到，正是他对待那些人类可能永远都得不到的东西的态度，决定了他真正拥有的东西的价值。因此，在我们能够真正树立一种独立的生活观之前，我们必须长期沐浴在幸福的阳光下。我们必须变得幸福，并不是因为幸福而幸福，而是只有这样，我们或许才有可能清楚地看到由于对幸福徒劳地期待而从我们眼前溜走的东西。

仁爱的冒险

在心灵的范围内，经济一无所用，因为正是在这个领域内，人们收获了生活中最本质的东西。在那里，无所事事总比浅尝辄止要好得多。如果我们不敢冒险一试，那么，很有可能我们将失去一切。抑制我们的激情只会使我们故步自封，我们希望得到的东西将和我们失去的东西不相上下。在我们的灵魂深处，有几个固若金汤的地方，它们不露锋芒，只有爱敢于冒险前去。但是，它们却满载珠宝而归，这是它未曾预料到的。只有当珠宝从我们手中传递到我们所爱的人手中时，我们才能一睹它的光泽。实际上，似乎当我们伸出双手把珠宝传递给他人时，一束光彩夺目的光线显现出来，它能穿透那些深不可测的东西，使之屈服于刚刚发现的神秘之光。

内心的快乐

对我们而言，对错误或损失过度悲伤毫无益处。因为无论如何，一个质朴诚信之人，在某年某月末，在悲不自胜的最后一刻，当他把目光转移到内心，他仍能找到一些快乐的理由。日复一日，他学会了扼腕叹息，但并不会潸然泪下。或许，他就像是一位父亲，在一天的工作之后，傍晚回到家中。也许，他会发现自己的孩子正在哭天喊地，或者正在玩一些禁止小孩子玩的危险游戏，家具七零八落，玻璃碎片满地都是，灯泡也被打翻在地。但是，他会因此而大失所望吗？如果孩子们安详恭敬，如果他们正在安静地做自己的功课，那自然是最好的，这也和所有的道德理论相契合。然而，如果这位父亲在大声苛责中，他能够转过头去，抑制住他的笑容，那是多么不合情理啊！或许，在他们朝气蓬勃的年龄，孩子们的行为并非明智之举，但这为什么会让他怅然若失呢？他作为监护人，在夜晚回家时，只需要随身带有寓所的钥匙，一切就都万事大吉了。当我们窥视自身，审视我们的心灵、大脑和灵魂时，看看当我们不在时，它们都尝试和坚持了什么，只是走马观花地巡视一遍而不是仔细地深入检查，是大有裨益的。如果时光在我家门前悄然走过时，并没有放弃它那神秘莫测的腰带，如果房间像离开那天时一样空空如也，居住在里面的人只是帮忙照看房间，他们袖手旁观、无所事事，那么，当我们进入房间，从脚步的回声中，我们应该在某种程度上学到某些东西，例如家中的清洁一如故往。

灵魂的深度

除了在我们内心，没有什么日子是太平无事的。但即便是在最波澜不惊的日子里，还是会留有最崇高命运的一席之地。

因为，比起整个欧洲大陆，我们的内心为这样的命运留有更多的空间。命运支配的范围并不局限于帝国的疆域，而是取决于我们灵魂的深度。最终，当灵魂摇摆不定的回应和无解的天堂难题达成某种微妙的平衡时，真正的命运就包含在我们的生活观念之中了。当这些问题蕴含越来越多内涵时，它们就变得越来越安静。对于圣贤们而言，无论如何，他们都能扩展这些问题的范围，让我们树立起更坚定的信心来回答这些难题。当给你带来快乐和悲伤的事件丝毫改变不了你的世界观时，就不要妄谈什么命运。当爱情和荣耀戛然而止时，当冒险和激情已经烟消云散时，我们唯一能够保留的东西就是对无限更深刻的感觉，而且这种感觉还会不断地加深。如果我们连这种感觉都没有，那么，我们真的是一贫如洗了。这种对于无限的感觉，并不仅仅是思想的集合，这些思想不过是无数引导这种感觉前进的阶梯。除非幸福能够帮助我们洞察其他的事物，除非它在某种程度上帮助我们意识到，宇宙本身就存在着快乐，否则，幸福本身根本不存在什么幸福。

达到某一高度的圣贤能够从过往发生的一切中找寻安宁，和其他人一样，那些令他感到悲伤的事情在加深他对生活的领悟之前，在他脑海中转瞬即逝。那些学会在一切事物中寻找无或许，她已经让世人挑选出来的王子和国王拜倒在她的石榴裙下；或许，她的一丝浅笑就能使这个伟大的国家欣喜若狂，就能使一个时代的思想变得崇高或遭到抑制。

She might have had princes and kings, the elect of the world, at her feet; and perhaps it had needed but one of her smiles to add to a great nation's gladness, to ennoble or chasten the thought of an epoch.

私奇迹的人，无论外界的事物使其内心突然萌生了什么念头，都会感到心满意足。仅仅是感觉这种快乐可以与别人共同分享，一种高度保护性的思想就将他笼罩在光环中。虽然每件事情中有快乐也有悲伤，但如果它会让我们若有所思，给我们的灵魂带去了一些新的东西，赐予我们更多用以维持生存的安宁，那么，这种命运就是妙不可言的。的确，如果命运剥夺了我们的爱，引导我们取得胜利，甚至让我们荣登宝座，这也很少能够显示出它的作用。实际上，当我们注视着周围的人，注视着我们钦慕的女性，当我们专注于内心的感情，当我们凝视着繁星满天的夜空时，命运的作用就体现在我们脑海中萌生的种种思想中。

命运的外衣

有一个才貌双绝、瑰意琦行之人，她的思想和灵魂都冠绝于众，在她的朋友看来，她似乎是世界上最完美的女人。有一天，这位朋友问她：“你的规划是什么？什么样的男人才值得拥有你的爱？你的未来让我迷惑不解，我无法设想，像你这样拥有高尚灵魂的人，会有怎样的命运。”他对命运一无所知，和大多数人一样，在他眼中，命运就意味着王权、胜利和令人眼花缭乱的冒险：对他来说，这些东西就构成了一个人的全部命运，他的所作所为不过是证明了他不知道命运是为何物。首先，为什么对今天如此不屑一顾呢？藐视今天就证明昨天也被曲解了，藐视今天就是宣称自己是一个陌生人。当你以一个陌生人的身份穿行于世时，你还能期望自己做些什么呢？和昨天相比，今天自有它的优势，它真实存在并为我们所用。身处今天，我们拥有比昨天更广博的认识，仅凭这一点，今天就变得愈加美丽，意义也愈加深远。

为什么我们认为，那位我所提及的女士知道，在威尼斯、佛罗伦萨或罗马有更灿烂辉煌的命运呢？或许，在每一个重大的节日里，我们都能看见她的身影，她的花容月貌和赏心悦目的风景交相辉映。或许，她已经让世人挑选出来的王子和国王拜倒在她的石榴裙下；或许，她的一丝浅笑就能使这个伟大的国家欣喜若狂，就能使一个时代的思想变得崇高或遭到抑制。然而，她的一生却周旋于四五个男人之间，这些男人了解她的灵魂并爱慕着她。或许，她终其一生都不会离开她的闺阁。她的思想、她的生活以及她内在的力量，都不会在男人当中留下一丝痕迹。或许，她的美丽、她的力量、她向善的本性都深藏于她的内心。不仅深藏于她的内心，也深藏于少数和她亲近的人的心中。如果真是如此，毋庸置疑，这个女人的灵魂依旧可以找到它自己的事情。

为了获得一种大有裨益、引人注目的生活，我们必须通过一道道壮观的大门，而这大门的铰链不再吱吱作响，发出旧时光震耳欲聋的喧嚣。或许，这些大门不再像以前那样壮观，但是如今，它们的数量更加可观，而且它们默许我们走上了一条漫无边际的人生之路。即使这个女人的家里，没有丝毫的外部光线透射进来，她终其一生都在阴影中度过，难道因为如此她就无法实现她的命运了吗？没有外部的帮助，命运就不可能尽善尽美、完美无缺的吗？当一个真正胜利的人审视他过往的胜利时，让他们满心欢喜的仅仅是那些对生活更加深切认识和更加高尚的谦逊。那些爱情、荣耀和热情逐渐消退的时刻，那些在数小时热血沸腾的激情中成熟的果实，在深思和沉默中收获的果实，变得更加柔情蜜意、魅力四射。当盛宴结束，当宽容、仁慈和勇敢的行为和我们渐行渐远时，除了一些零散的记忆、一些意识、一种帮助我们用更多的领悟和更少的恐惧来面对我们处境的感觉——这种感觉是从不计其数的事情中得来的，其中混杂着些许智慧——之外，我们还有什么呢？

当休息的时钟敲响，每一个夜晚、每一个孤寂的时刻，这样的钟声必定会响起；当爱情、荣誉、权力那华而不实的外衣在我们周围无能为力地飘落时，当我们在内心寻求自己的庇护所时，我们能够随身携带些什么呢？随着时光流逝，我们获得了知识和自信，深化了思想，我们应该在何处用这些收获来衡量每天的幸福呢？在我们周围发生的事情中，在安住在我们灵魂的事物中，我们能找到真正的命运吗？一个哲学家曾经说过："一个人的权力和荣耀从来就没有那么伟大，他的灵魂很快就能学会评判从外部事物中延伸出来的感觉。当他意识到，自己身体上的能力没有丝毫长进，所有的一切都一如常态，既不能有所变更也不能有所补充时，他的内心就充满了空虚感。将要统治这个世界的国王，一定也和其他的兄弟一样，在有限的范围内重复着同样的生活，他必须服从于自己制定的每一条法律，他的幸福完全取决于他的思想和印象。"我们可能补充说，他的幸福取决于记忆中保留的印象，这些印象磨砺了他的思想。我们在此处涉及的人，他们的灵魂中仅仅保留了激发他们对善的感觉、使他们变得更加高尚的印象。难道我们没有发现——沉默在何处又是如何伟大，这都无关紧要——在外表十分华丽的杯子里，同样隐藏着无法溶解的物质吗？

我们意识到，没有什么东西真正属于我们，除非这些物质忠贞不渝地跟随着我们进入到黑暗和沉默里。为什么在黑暗和沉默中诞生的事物就更不可靠呢？就这一点我们并不深入探究，因为，这会引导人们关注一种过于理论化的知识。虽然外表辉煌灿烂的命运并非必不可少，但我们始终认为它是完全合乎情理的东西，我们应该热切地追求它，就好像我们给予其高度评价一样。圣贤们应该打开每一扇荣耀神殿的大门，如果普通的居所内能够发现幸福、爱情和活力，圣贤们也应该打开这些居所的大门。如果历经艰苦卓绝的努力和经年累月的期待之后，他仍然没有获得任何回报；如果没有一扇大门突然打开，或许，仅仅在期待和努力中，他仍能发现和他所寻求的情感和光明同样重要的东西。巴雷斯说过：“行动就是将更加丰富的经验附加到我们的思想上。”或许，和思想相比，行动的思维更加敏捷，也更加尽善尽美。因为，我们不仅仅是用头脑，而是动用生命的每一个原子来思考问题。我们给最深刻的思想披上了梦想的外衣，然后让它们去面对事实。但是，行动并不意味着征服。尝试、耐心和等待——这些同倾听、注视和沉默一样，也可能是行动。

倘若把我们提到的那个女人抛弃在雅典、佛罗伦萨或者罗马，那么或许，在她的生活中，就会存在一些宏伟的目标、一些追求幸福和美好的机会，这些都是她在今天可望而不可即的。她会更加可怜，因为她不够努力，对于做过的事情也全然没有记忆。这些努力和记忆中蕴含着一种至关重要的珍贵力量，比起那些无论是在道德上，还是在精神上都值得千百倍这样的努力和记忆的思想来说，这种力量通常真的会转变我们内在的很多东西。因此，我们确实只应该期待一种辉煌灿烂、极度兴奋的命运，因为它唤起了生命中的某种力量和感觉。如果不是这种命运，这些力量和感觉不会从过于平静和令人昏昏欲睡的安宁中脱颖而出。从我们知道这些感觉蛰伏在我们内心时起，甚至从我们开始怀疑的那一刻起，我们就已经赋予了这些感觉中最好的一切以生命力。这就好像我们在一个稍纵即逝的时刻，站在这个命运最终才能达到的高度上，俯视一个炙手可热的外部命运；好像我们过早地收获了树上的果实，直到许多场暴风骤雨过后，这棵树会发现自己一无所有。

思想与美德

昨晚，我又重新拜读了圣西门的著作。体会作者的思想，我们就好像在攀登一座高塔。在塔顶，我们俯瞰着成百上千人的命运，这些人在塔底的山谷处躁动不安。我深知一个妙不可言的命运对一个人的本能意味着什么。如果要圣西门说出，在他所塑造的主人公里面，他喜爱和钦佩的是什么，他将一种顺从的、几乎无意识的尊重倾注在哪位主人公身上，他肯定会迷惑不解。成千上万他曾经瞻望咨嗟的美德，如今已经不复存在；许多他在其名著中啧啧称赞的品质，如今似乎真的无足轻重。但他自己好像并没有察觉到这一切。例如在君王的王座周围，围绕着一群引人注目的人。在这些人中间有四五个人，他们看起来诚挚深切、乐善好施。虽然圣西门并没有给予他们特殊的关注和思考——因为在他的内心深处，他好像并不赞成那些支配着他们生活的思想观念——不过，我们却兴致勃勃地注视着这四五个人。费奈隆、谢弗勒斯和博维利耶公爵、多芬先生，他们拥有的幸福和我们其余人也大同小异。他们没有取得任何丰功伟绩，也没有取得引人注目的胜利，他们和其他人一样，生活在烦恼和对被我们称为幸福的期待中，因为幸福还没有到来。

费奈隆让奸诈狡猾、心胸狭窄的国王心生不满。这位国王出于自负，总是以最粗陋、最浮华、最卑贱的心态厌恶那些微不足道的冒犯。他在所有微不足道的事情面前表现得十分伟大，在丰功伟业面前又显得如此的微不足道，路易十六就是如此。费奈隆被定罪、迫害并且流放，谢弗勒斯和博维利耶公爵依旧身居要职、权倾朝野，他们依然对自愿退居二线持有一种审慎的态度。多芬并不拥护国王，一个人多势众、嫉妒成性的党派总是在图谋反对他。最终，他们成功地使他年轻时的取得的军事荣耀付之东流。他的生活被不幸、失宠和灾祸所笼罩，在那些浮华虚荣、卑躬屈膝的朝臣眼中，他简直就是陷入了万劫不复的境地，因为他每天就是在失宠和灾祸中惶惶度日。最后，在他深爱的妻子死去几天之后，他也随之而去。或许，他和他的妻子一样，都是被毒杀身亡，就像是国王喜爱的第一缕曙光一样，晴天一声霹雳，降临到他门前，几乎使他失去了依靠。这些烦恼和不幸、悲伤和失望就这样笼罩在这些生命的周围。然而，当我们审视这个小团体时，他们依旧意志坚定、沉默不语地站在那些极度兴奋、时不时引人注目的人群中。对我们来说，这四个人的命运好像真的妙不可言、令人羡慕，一束普通的光线就能投射出他们的兴衰变迁。

费奈隆那伟大的灵魂带给所有人以启迪，他忠贞不渝地坚持自己在虔诚、仁慈、怀疑、正义和爱情等方面的崇高理想，其他三个人对其赤诚以待。他们既是他的良师，也是他的挚友。即使费奈隆那些神秘莫测的思想不再为我们所用，尽管我们拥有自己所坚持的思想，并且认为这些思想是最深刻、最崇高的——这是植根于我们生活中确定无疑的思想，这也是作为我们一切道德幸福基础的思想——虽然有一天，所有的这一切都将在我们身后烟消云散，只有在那些相信自己已经找到了其他思想的人中间，才会引发一丝笑意。对于这些人来说，这些思想更富有人性、也更具有决定意义。思想就其本身而言并没有什么至关重要的意义，这种思想在我们心底激发的感情使我们的生活熠熠生辉，并让我们的生活高尚起来。或许，思想是我们的目标所在，但是，它可能像我们时常踏上的旅程一样。旅行本身比目的地更让我们兴致勃勃，旅途中会遇到形形色色的人，碰到意想不到的事情，此处和别的地方一样，人类遵循的只是内心诚挚的感情。对于一种我们一无所知的思想而言，这种思想可能带有欺骗性。但是，我们用来深爱思想的那种爱，一定会回归我们的灵魂，而谬误不能从这种感情中分离出一丝光亮或力量。

我们每个人的内心都想树立一个尽善尽美的理想，而我们所有的思想只是帮助我们构建起这种理想的轮廓，从这些思想中衍生出来的纯净的感情、无私和忠诚才构成了这些理想的具体内容，并且使其获得勃勃生机。我们对真实的东西的热爱程度甚至远比真理本身重要。比起思想来说，难道爱不是能够永远传递给我们更多的美德吗？或许，忠贞不渝地去热爱一个伟大的谬误，远比卑贱地服务于一个伟大的真理要有益得多。因为正如在信仰中，我们在怀疑中也能找到激情和爱。某些怀疑和最高尚的信念一样，同样慷慨大方、热情洋溢。要想拥有一种最崇高、最确定无疑的思想，或者拥有一种最捉摸不定的思想，最有效的办法是给人们提供一种全身心的投入，毫无保留地热爱某种东西的机会。无论是人类还是上帝，无论是一个国家还是整个世界，无论是真理还是谬误，我都会全身心地付出自己的感情。总有一天，深埋于爱的灰烬中的珍贵宝石，会在爱中，而不是在我所爱的东西中熠熠发光。这种感情的诚挚、质朴、坚定和热忱，这些都会在时光中留下一道不可磨灭的印记。世事变迁，沧海桑田，除了这绚丽夺目的激情、丰富的想象力以及我们心灵的力量之外，一切都将不复存在。

明智的平静

圣西门曾谈及他们当中的一个人，这个人受到恶意、阴谋诡计和故意陷害来自四面八方的袭击，圣西门说：“没有人的灵魂能像他的灵魂一样平静。”接着，他谈到了另一个人“明智的平静”，那些被他称为“小团体”中的每一个成员都拥有这种“明智的平静”。实际上，这个“小团体”忠实于一切思想中崇高的东西，这个“小团体”拥有友谊、忠诚、自尊和内心的满足。在充斥着谎言和野心、罪恶和背叛的凡尔赛，这些品质愤然前行，散发出平静和质朴的光芒。他们并非通俗意义上的圣人，他们并没有退隐于森林或沙漠的深处，抑或是在穷巷陋室中寻求自我的庇护所。他们仍是现实生活中的智者，发生在他们周围的事情也真实存在。他们并非出于虔诚而得救，也并非只有在上帝身上，他们的灵魂才找到寄托的力量。

人们竭尽全力仰慕上帝，并且全心全意为上帝服务，但这并不足以给他们的灵魂带去安宁和力量。我们在彼此的接触中获得了知识和思想，并且将这些知识和思想发扬光大，正是凭借这些，我们才懂得如何去仰慕上帝。因为，在所有的事物中，只有人类的灵魂才具有最深刻的人性。或许，人的灵魂能学会去珍爱无形的东西，但是，相比于神的道德和感情而言，你始终能够在质朴完整的人类道德和感情中，发现更多的现实养分。如果迎面向我们走来了一个人，他的灵魂拥有真正的安宁平静，或许，我们可以确定无疑地说，正是人类的美德赐予了他这种安宁与平静。如今，这片内心神秘莫测的幽深之处早已不复存在。若是允许我们再度窥探这片神秘之地，或许，我们能够发现，流放期间的费奈隆每晚用来解渴的平静泉水，存在于他对身遭不幸的古约夫人的忠诚之中，存在于他对遭到恶意中伤、凌辱迫害的多芬的爱之中，而不存在于寻求永久报答的期待之中；存在于他内心深处无可挑剔的良知当中，这良知中充满了忠诚和柔情，而不存在于他作为一个基督徒所珍视的希望之中。

灵魂的忠诚

这个“小团体”中的人从容自若，这的确让人肃然起敬！这里没有山上发出灿烂夺目光彩的美德，只有满腔热忱的心灵和灵魂。这里没有英雄主义，只有值得我们铭记于心、耐心等待的爱、自信和诚挚。当美德从一些人的内心深处迸发出来时，总会伴随着铿锵的开门声。而在另一些人的内心，美德却像深居闺阁的少女。它沉默不语、若有所思地坐在壁炉前，随时准备欢迎那些从冰天雪地里推门而入的人。或许，在妙不可言的生活中，无须那些英雄的时刻，而是需要那些严肃纯净、周而复始的平静时光。或许，忠诚正直的灵魂远比那些柔情款款、富有献身精神的灵魂更加珍贵。或许，它不会兴致勃勃、义无反顾地投入到充满冒险的生活中去，但是，在日常琐碎平凡的生活中，我们可以更充分地相信它，更彻底地依赖它。

不管一个人的生活多么离奇古怪、放荡不羁、光鲜照人，他却没有将大部分的时间和精力放在日常生活的琐事上。是否真的存在这样的人？当我们身处最崇高的时光中，当我们笼罩在令人目眩神迷的光圈中，难道我们没有发现，我们在神志清醒时所形成的习惯和思想，正随着其他东西一起旋转吗？我们难道不为此感到惊奇吗？我们必须经常回到正常的生活中去，这种生活建立在固定可靠的土地和质朴无华的岩石之上，我们不必每天都忙于和耻辱、绝望与死亡做斗争。或许，至关重要的是，当悲伤来临时，我们能告诉自己说，某处一定存在着一个至死不渝、永不言败的灵魂。这个灵魂已经接近我的灵魂，一个忠贞不渝、沉默寡言，对所有与真理背道而驰的东西都熟视无睹的灵魂。我们不得不对英雄主义以及卓越超群、慷慨激昂的行为交口称赞。不过，我们对坚决抵制低级思想诱惑的人钦佩有加，因为这需要更加戒骄戒躁的力量。或许，他的生活并不那么光鲜照人，但这种生活自始至终都更有价值。让我们生活中的许多幸福和灾难一样，都是出于偶然，但我们内心的平静绝对不受这种偶然机会的支配。

Many a happiness in life, as many a disaster, is due to chance alone; but the peace within us can never be governed by chance.

在沉思中，间或把对完美道德的渴望提升到日常真理的水平，懂得偶尔对他人施以恩惠要比永远不伤害他人容易得多，懂得偶尔给他人带来欢乐要比永远不让人伤心流泪容易得多。

卑微者的思想

他们的避难所和圣西门口中属于他们的“坚固的岩石”相互扶持，首先，这个避难所隐藏在他们内心。所有在他们灵魂深处无可指摘的东西都会在这块岩石之上变得坚忍不拔。这块“坚固的岩石”以成千上万种物质为基，但是，我们认为，我们内心深处无可指摘的一切，都将沉淀于这块岩石的中心和底部。但确实，我们的行为准则也许时常出现可悲的失误。每当夜幕降临，最卑鄙可耻的人都会得意扬扬地审视着那些可恶的思想，好像对他来说那些思想也完全无可指责。但是在此，我将谈论一种比日常美德更高尚的美德。当一种美德从普通的美德中脱颖而出时，绝大多数普通人也会注意到这种美德会变成什么样子。实际上，道德之美十分罕见，它从不被心胸狭隘的人所领悟，也没有任何行为能够像真正崇高的行为那样容易理解。

或许，我们会对一种行为佩服得五体投地，但我们永远达不到那种高度。黑暗有时将我们责备的东西掩盖，需要铭记于心的是，我们不应该对这一现象熟视无睹，这样做是十分必要的。生活中的许多幸福和灾难一样，都是出于偶然，但我们内心的平静绝对不受这种偶然机会的支配。我知道，在这个世界上，一些人在不断修筑内心的避难所，一些人对摧毁这些避难所情有独钟，还有一些人，终其一生都在陌生人的屋檐下寻求庇护。或许，要改变灵魂深处的本能异常困难，但是，让那些无所事事的人意识到那些坚持不懈地累土聚沙的人的快乐，却是再好不过的。他们的思想、情感、爱、信念、欺骗，甚至是他们的怀疑，这一切都会大有裨益。当暴风骤雨摧毁了他们的避难所，他们会利用那些废墟残留，在靠近原址的地方重新将避难所修建起来。或许，新的避难所不如原来的那样富丽堂皇，它却更符合生活的一切要求。对于那些事必亲为，为他的居所挑选石头的人来说，什么样的懊悔、幻灭或悲伤才能毁坏他的家园呢？我们是否应该小心翼翼地维护这些懊悔、幻灭或悲伤中蕴含的力量和智慧呢？或者在我们的内心深处，我们不会像珍爱大树根一样，珍视我们的幸福之源吗？经常遭到暴风骤雨袭击的橡树，怀着坚定的决心，深深地扎根于永恒的土壤中。地上的狂风意识不到地下发生的事情，对我们纠缠不休的不公平的命运也无法意识到，我们的灵魂到底经历了什么。

幸福的源泉

在此，让我们关注一下，真正幸福的力量究竟有多大，它的吸引力究竟有多么神秘吧！当圣西门声情并茂地讲述时，突然出现了一阵沉默，就像是“小团体”中的某位成员穿过无忧无虑、尽情狂欢的人群一样。他们一刻不停地在凡尔赛宫的大理石扶梯上，在富丽堂皇的大厅里穿梭，忙着策划阴谋，相互寒暄，表达着微不足道的爱慕，谈论着无足轻重的胜利。圣西门平心静气地继续着他的故事，但我们好像在须臾之间，就把一切趾高气扬的虚荣、昙花一现的快乐、表面上巧舌如簧私下却战战兢兢的谎言，和那些奋发向上、心静如水的人所拥有的宁静永恒的高尚灵魂作了比较。就像是一位白发苍苍的老人或者一位牧师突然出现在一群孩子之中。孩子们正在采花，或者正在偷果子，抑或是正在玩被禁止玩的游戏。他们应该继续前行，不是无端责备小孩子们。游戏突然终止，良知受到惊吓突然醒悟，脑海中自发地涌现出关于义务、责任和真理的念头。但是，成人脑海中的这些念头和孩子一样并不能持久，尽管这些念头是出自于牧师、智者，这种思想只是在他们脑海中一闪而过就消失不见了。就算他们意识到了也无关紧要，尽管人们宁愿闭上眼睛或视而不见，但人的灵魂比大多数人所希望的来得更高尚，因为灵魂总是使他们不得安宁。

人们很快就宣称，对已经理解的东西情有独钟，义无反顾地放弃了强加给他们的令其厌倦无聊的东西。尽管我们可能会面带笑容、尽情欢乐，就像是圣贤们虽然消失于远方，却无意间在我们的谬误和愚蠢的行为中留下了一道清晰可见的痕迹。或许日复一日，这道痕迹依旧存在。倘若悲伤的日子突然充斥着我们的生活，大多数人还是会发现，我们的灵魂沐浴在光明中。通过圣西门的故事，我们已经反复印证了一件事：一旦悲伤要侵袭一个比他人更高尚，或者更贴近生活的灵魂，这个灵魂为了缓解痛苦，就会在茫然无绪的沉默和几乎充满恶意的惊叹中飞逝而去。在这个世界上，作为一个几乎完美的人，他的举手投足都会受到人们的质疑，但又会使他们无言以对。当我们认为自己过着幸福的日子时，我们并不习惯对幸福提出强烈的质疑。但是，当悲伤袭来时，我们的记忆就会飞向隐藏在某处的安宁，以寻求慰藉：这种安宁不依赖于阳光的照射，不依赖于隐忍的亲吻，也不依赖于国王的谴责。这时，我们不会去求助那些幸福的人，因为我们曾经幸福过。我们深知，一旦命运流露出焦躁不安的姿态，这种幸福就马上烟消云散了。

如果你想知道真正的幸福位于何处，只有去观察那些身遭不幸、寻求安慰的人的动向。不幸就像是一根帮助人们寻求宝藏或寻找流动清水的魔杖，有了这根魔杖在身边，他就能准确无误地回到宁静温暖的家。毋庸置疑，我们应该变得更加明智，不要过分满足于自己内心的平静与安宁，也不要过分满足于我们对伟大生活法则的诚挚默许，亦不要扬扬自得地依赖于我们长久的幸福，直到遭受痛苦的人出于本能叩开我们的大门。他们在入口处可以看见闪闪发亮的火光，这火光源于永不熄灭的火把发出的持续稳定的火焰。是的，或许只有他们才有权利相信，在那些以眼泪为武器的人面前，他们是安全的。的确，在这个世界上有相当数量的人，只有幻觉的神秘之源被我们的泪水揭露时，我们才能看到他们发自内心的笑容。直到那时，我们才觉察到这种幸福不是源于时间的偏爱或微光，而是源于对生活的广泛接受。就像和周围的许多地方一样，在此，欲望和需求刺激着我们的感觉。即便是蜂蜜在洞穴中隐藏得再深，饥饿的蜜蜂也能找到它。因此，悲伤的灵魂也一定能够找到隐迹潜踪、缄口不言的快乐。

对自我毁灭的被动顺从是一种美德，伤心流泪时的隐忍不发是合情合理的。当痛苦的人放弃了一切顺从或悲伤时，他就圆满地完成了生命的职责。

Passive fidelity to something that has of it collapsed is an act of virtue; that inactivity is justified by the tears wherein it is bathed; and that the duty of life is accomplished when suffering has been made to yield up all its resignation and sorrow.

艾米莉的生平

一旦意识觉醒，并在一个人的内心奋起图强时，命运也随之开始。这种意识绝不是指大多数人的那种被动消极、了无新意的意识，而是指一种能够包容万物、积极主动的意识。就像是一个身陷囹圄的王后，无论如何，她都懂得如何接受供奉到牢房中的礼品。如果周围太平无事，那么，意识就会认为这里太过平静，然后制造出一些重大的事件。或许没有什么人能够在太平无事的时候，依然保持着最热切的、最不知疲倦的意识。此时，我正在回顾一个内心强大、满腔热忱之人的历史，人类所有的冒险活动——幸福的抑或是不幸的——都从她身边匆匆而过，却对她视而不见。19世纪前五十年内，从来没有出现过如此伟大、如此不容置疑的天才女性，我所说的就是艾米莉·勃朗特。她英年早逝，只为后人留下了一本名为《呼啸山庄》的小说。这是一个稀奇古怪的名字，好像在预示着山顶即将有暴风骤雨袭来。她是一个英国牧师里夫·帕特里克·勃朗特的女儿，她的父亲是一个我们可能想象到的最无足轻重、自私自利、暮气沉沉而又自命不凡的人。好像生活中只有两件事情对他至关重要：一个是他纯正的希腊人的外形，另一个就是担心他的消化能力。

至于艾米莉那可怜的母亲，她好像终其一生都在赞美那个希腊人的外形和关注她丈夫的消化能力。但是，我们无须大费周章地对她进行描述，因为她在艾米莉 2 岁的时候就与世长辞了。令人颇感兴趣的是——如果只是想再一次证明，在日常生活中，女人总是比她必须要接受的男人略胜一筹的话——在这位隐忍不言的妻子离世很久之后，人们发现了一捆信件，这些信件清楚地表明：她之所以保持沉默，是因为她充分认识到，自己的丈夫是一个冷酷无情、愚昧无知、自私自利、虚荣懒惰的人。毫无疑问，我们可能能够意识到他人身上的错误，虽然这些错误我们自身也很难幸免。如果要发现别人身上的美德，在我们内心深处，必须有这种美德的萌芽。艾米莉的父母就是如此。她周围的四个姐妹和一个弟弟就这样面色凝重地看着千篇一律的时光在他们眼前飞逝而过。他们的住宅位于约克郡石楠地一个名叫摩尔斯的小村庄里，就是在这个阴郁荒凉的小村庄里，艾米莉穷极无聊、孤独凄凉地度过了她的一生。

艾米莉和她的姐妹们在孩童时代和青年时代无依无靠，没有人的生活像她们这样千篇一律、沉闷枯燥。他们的生活中没有小小的冒险带来的快乐，也没有惊喜的瞬间从天而降，而这些都可以随着时间的流逝，铭刻在我们心中，并且不断放大，最终沉淀在我们的灵魂深处。就像是一座取之不尽的宝库，我们可以从中获取关于生活的美好记忆。从出生到死亡，每天的生活都如出一辙——复习功课、用餐、做家务、在年老的姨妈身边工作，这些面色凝重的小姑娘会手拉手，沉默不语地在繁花盛开或白雪压枝的石楠丛中散步。在家中，他们很少能够见到父亲，他对自己的儿女漠不关心，一日三餐都在房间里独自享用，夜间则下楼到教区牧师的会客厅，大声地宣读议会下院那些骇人听闻、枯燥无聊的辩论。靠近住宅的是空旷寂静的墓地以及大片无树的荒地，还有一年四季都肆虐着凄厉北风的荒野。

在每个人的生活中，命运总是竭尽全力去创造一些机遇，艾米莉的生活也毫不例外。机遇曾几次三番地出现在她的生活中，使得艾米莉离开了在长年累月的生活中逐渐爱上的那片荒野，她认为这是世界上唯一一处存在着真正的植物、土壤和天空的地方——如果一个人长时间待在一个地方，经常会产生这样的感觉。但是，离开了那片荒野几周之后，她眼睛里的热情和愉悦逐渐消失，失去了光泽，她渴望回家。这时，她的姐妹就不得不赶快把她带回到那个孤寂偏僻的牧师住所。

1843年，她当时25岁，她重返故里，自此之后，直到逝世，她都没有再离开那个地方。在她最后一次返乡之前，她没有做过一件大事，没有露出过一丝微笑，没有说过一句充满柔情蜜意的情话。甚至她的记忆里都没有悲伤和欺骗，使得那些懦弱无能或对生活索取甚少的人相信，对自我毁灭的被动顺从是一种美德，伤心流泪时的隐忍不发是合情合理的。当痛苦的人放弃了一切顺从或悲伤时，他就圆满地完成了生命的职责。

此处，在这个无瑕的灵魂中，它的过去是一片空白，记忆或顺从找不到任何可以依附的东西。除了不眠不休地照顾弟弟的那段悲伤的日子之外，在她最后的生命旅程之中，之前平淡无奇，之后也波澜不惊。他弟弟的生命完全被他自己的无所事事以及那段创巨痛深的感情摧垮了，他的精神几乎错乱，成为一个无可救药的烟鬼和酒鬼。随后，在她29岁生日即将来临之际，在一个腊月天的下午，当她坐在白色的小客厅里，梳理着她那又黑又长的头发时，梳子从她那虚弱不堪的指间垂落，掉进壁火中。比起她的诞生，她的死亡甚至更悄无声息。命运把两个姐妹的拥抱赐予了她，但又从两个姐妹苍白无力的拥抱中将她夺走。

尽管如此，她依然有所成就，因为她充满了自信，热情、希望和生机都在她心底激荡。她的内心被光明笼罩，焕发出无声的喜悦，没有人能质疑她的幸福。

Wherefore none the less did her destiny find its fulfillment, for the confidence within her, the eagerness, hope, animation, all were astir; and her heart was flooded with light, and radiant with silent gladness.

艾米莉的幸福

当玛丽·鲁滨孙小姐讲述艾米莉生平的时候，她不禁惊呼："命运没有带给你一丝爱情的抚慰，没有留给你任何名声的暗示，更没有给你带来一刻安逸的时光。"她不禁发出了情凄意切的悲叹。确实，若是从表面上来看，还有什么生命比艾米莉的生命更枯燥无聊、苍白平庸、微不足道、没有丝毫温暖呢？但是，当我们回顾这样的一个生命时，我们应该站在怎样的立场上，以便能更好地发现她的实质，判断她、赞美她、热爱她呢？我们暂且不提那座隐藏在荒野中的牧师住宅，首先，我们关注一下这位杰出女性的灵魂，我们就会发现截然不同的景象。我们很少能够这样探究一个毫无奇遇的灵魂。如果你可以想象，一个人应该有自己的生活轨迹，完全不受岁月流逝的影响。倘若果真如此，那么，我们这样探究她的灵魂也就不足为怪了。在《呼啸山庄》中，艾米莉将她的情感、渴望、反思现实以及理想都奉献给了这个世界，她将她的真实世界献给了这个世界。比起不计其数幸福或不幸的命运而言，比起无数英雄成就的丰功伟业而言，《呼啸山庄》中蕴含着更多的冒险活动，倾注了更多的情感、更多的活力、更多的激情以及更多的爱恋。她的家中从来没有发生过什么大事，它们都在她们家门口悄然而过。但是，她所描述的每一件事情，都充满着无与伦比的力量和美感，都无可比拟的精确。她不厌其详地叙述着细节，这些事情都发生在她的内心。

我们说过，她的身上从未发生过什么事情，但由于发生在她周围的一切，她耳闻目睹的一切，都会在她的内心深处，转变成对生活的思想和感情，转变成宽容的爱、钦佩和爱慕。那么，真正发生在她身上的一切，不是比我们大多数人都更直接、更真切吗？这种事情落在我们自己头上，还是落在我们邻居的头上，又有什么关系呢？从乌云密布的天空上降落下来的雨水属于那些拿着容器的人，我们在命运的手势中能够发现喜悦、美丽、安宁和有益的焦虑，但这些仅属于那些学会深思的人。爱情从来没有钟情于她，她的耳边从来没有想起过情人那充满魔力的脚步声。29 岁去世时，她还保持着处女之身。尽管如此，她对爱情了如指掌、高谈阔论，她鞭辟入里地揭示了爱情中百思不解的秘密。当她口若悬河地谈论那些爱情的话语、爱情的甜蜜以及爱情的奥秘时，那些深陷爱河的人一定会惊恐不安地看着她，想知道他们应该为他们的感情起一个怎样的名称。在她描述的爱情面前，所有的感情都黯然失色、显得苍白随意。

她曾经向她的保姆提起过那个令所有人憎恨和厌恶的男人，但是她却倾心于他。这种感情若不是发自她的内心，那她又是从何处听到这番独一无二的话语的呢？“在这个世界上，我最大的不幸就是希斯克利夫的不幸。我从一开始就审视着他的每一个不幸，并且感同身受。我在生活中的一切思想构造了他，即使世界上的一切都烟消云散，只要他还存在，我也将继续存活下去。倘若整个世界都完好无损，他却不知所踪，那么，整个世界对于我而言，也不过是一个再陌生不过的地方，我好像无法融入其中。我对林顿的爱就像是树上的叶子一样：我深知，就像是冬天能够改变树木的外形一样，时间也会改变这份感情。但我对希斯克利夫的爱情，却像地下不朽的岩石——虽然感受不到丝毫有形的快乐，但却是必不可少的快乐之源。内丽，我就是希斯克利夫的化身啊！他永远留在我的心中。对我来说，他并不是一种快乐，也不是一种超越快乐的东西，而就是作为我自己而存在……我并不是因为他的英俊潇洒而爱他，而是因为他比我自己更深入我的内心。无论我们的灵魂由何构成，我和他总是如出一辙……”

她对爱情的外部现实不甚了解，她对爱情的处理手法总是如此天真，时常引人发笑。那些内心的现实和感情中神秘莫测、不合逻辑的东西交织在一起，和最出乎意料、最不可能、最真实永恒的东西交织在一起。她是如何获得对这些内心现实的认知的呢？我们认为，只有一个连续 30 年都生活在火热爱情之下的人，才能拥有像她这般深刻的领悟，才敢如此自信地向我们描述《呼啸山庄》中一对命定的爱侣那狂热的爱恋，如此鞭辟入里而又准确无误。书中描述了款款柔情中的自我冲突，这柔情能让人痛不欲生，那冷酷无情也能带给人些许快乐；一心求死的幸福，以及伴随着生活的绝望，希望和排斥交织的矛盾心理——爱情担负了过多的仇恨，而仇恨则在爱情的重压之下蹒跚前行……

然而，由于她那悲惨的生活都是公开的，因此众所周知，她不爱别人，也没有人爱她。那么，我们在弥留之际的最后一句遗言，就是命运对深藏我们心底的东西的一句低语，难道这是真的吗？我们真的拥有一种内在生活，这种内在生活在现实中丝毫不向外在生活妥协，却和外在生活一样充满着感情和经历吗？我们生活在这个世界上，我们能容忍这个世界充满了爱情和憎恶，但却没有一个要倾听或摒弃的对象吗？这难道无关紧要吗？是人们过于自信吗？一旦达到某一高度，灵魂就能决定一切吗？只有对那些良心尚未觉醒之人来说，事情似乎才是令人悲痛或枯燥乏味的吗？难道爱情和美好、快乐和冒险，我们在生命的旅途中所追寻的一切，难道都不会在艾米莉·勃朗特的心底留下任何印记吗？日复一日，时光飞逝而过，她没有丝毫感情，也没有任何快乐，她的脸上从来没有露出眼睛可以看到或者双手可以触摸到的笑容。尽管如此，她依然有所成就，因为她充满了自信，热情、希望和生机都在她心底激荡。她的内心被光明笼罩，焕发出无声的喜悦，没有人能质疑她的幸福。

在艾米莉·勃朗特向我们展露的灵魂中，我们发现，她获得的那些永世不朽的成果，甚至可以与幸福最长久、行动最活跃、最多种多样、最尽善尽美的人相提并论。对她来说，倘若快乐、爱情、悲伤、热情、痛苦经过时，并没有给她带来一丝一毫的影响，那么，当这些感情消逝时，她依然拥有剩余的一切。下面的两个人，谁更了解那座巧夺天工的宫殿呢？是居住其中的盲人，还是拥有开阔的眼界、但只见过这座宫殿一次的人呢？“生，还是死”，我们不能让只言片语误导我们。毫无疑问，没有思想我们也能生存。但没有思想，我们就不可能拥有积极向上的人生。这件事情是幸福还是不幸，它的本质在于这件事情所产生的观念。如果我们内心足够坚强，那么，这个观点就是我们自己的；如果我们脆弱不堪，那么，这个观点就是别人的。

在你通往死亡的路途中，你可能会遇到不计其数的外部事件。但是或许，没有一件事情能使你找到将其转化为精神事件的内在力量。或许，只有到那时，你才能确定无疑地说："我可能还没有真正地活过。"和所有人一样，艾米莉的个人幸福和她的宇宙观以及道德观是相对称的，这的确像是森林中的一块块空地。当我们试图衡量一个生命所经历的幸福时，我们最好深入了解这些区域。那些和她一样心如止水、明察秋毫的人，谁还会被日常生活中的烦恼、麻烦和欺骗折磨，变得虚弱无力、痛苦不堪、泪流满面呢？到那时，还有谁不能理解，为什么她没有像她的姐妹们一样，在破碎的幸福中痛苦地流连徘徊，没有流下伤心的泪水呢？死气沉沉的幸福沉重不堪，几乎要将我们压垮。如果我们允许这种幸福和我们终生相伴，就像是一个伐木工人拒绝放下他肩头的枯木。因为枯木不能永远背在肩上，而是要燃烧，发出灿烂夺目的火焰。当我们看到艾米莉的心里腾空而起的团团火焰，那时，我们就能和她一样，不在意枯木的悲哀。没有无穷无尽的不幸，也没有不可抚慰的悲伤。当一个人正在遭受不幸时，当他和所有人一样，面临着不可逃脱的悲伤时，他学会了洞察大自然隐藏在一切悲伤和痛苦之下表示宽容的手势，逐渐明白只有这个手势才是最真实的。

一位众口交赞、对各种悲伤都有深入探究的女性曾经写道："能够主宰自己生活的圣贤，从来不会真的遭受痛苦。圣贤们从高处俯瞰自己的生活。倘若他今天遭受痛苦，那也只是因为，他的思想倾向于关注灵魂中不甚完美的那部分。"艾米莉·勃朗特的生命中不仅有爱、忠诚和温柔，也有憎恨和邪恶。不仅如此，还有最惨烈的复仇主义以及最老谋深算的背信弃义。她并不认为宽恕是义不容辞的，因为宽恕意味着双方不存在充分的理解。她理解一切，包容一切，而且她也热爱一切。她不禁接纳善行，也包容邪恶，她平等地赋予两者活力。归根结底，邪恶不过是偏离了轨道的正义。她并不是用道德家那种武断的准则，而是用我们能够理解的关于人类和岁月的真理向我们揭示当直面生活时，邪恶最终将孤立无援，一切都将在死亡和自然中烟消云散。"这仅仅是生命战胜了它的某种特殊形式"，不管这个谎言多么巧妙、多么有力、多么精辟，它在最幼稚、最微不足道的真理面前也得俯首称臣。她还揭示了仇恨她的灵魂中充满了激情、自由和勇气，但她的生活中却充斥着胆怯、沉默、惰性、传统和偏见，而这些正是她思想中不屑一顾的东西。

In her soul there was wealth of passion and freedom and daring, but in her life timidity, silence, inertness, conventions, and prejudice; the very things that in thought she despised.

的自欺欺人，它不情愿在它急于毁灭的生命中播下喜悦和爱的种子。或许，她是将宽容建立在传统戒律之上的第一人。当她完成她的著作，前往乡村教堂去拜访书中主角们永恒的安息地，复仇者和殉难者的坟墓上绿草如茵，她感到奇怪“人们如何才能想象，那长眠于这片宁静土地之下的人们那躁动不安的心绪”。

艾米莉的悲伤

我深知，我们在此谈论的是一位天赋异常的女性。而实际上，天才也只能更为大胆地指出人类社会中已经发生的事情。如若不然，她就不再是天才，而是思维混乱或狂悖无道之人了。一段时间过后，我们就会了然于心，天才绝非局限于不同凡响，天才真正的优势是由上天在日常生活中赋予每个人的要素构成的。不过，我们现在并不是在讨论文学问题。的确，能够给艾米莉·勃朗特带来慰藉的，不是她的文学天赋，而是她的内在生活。因为，绝非道德活动要服务于杰出的文学能力。假如她继续保持沉默，也没有进行文学创作，她内心的力量也不会因此而抹灭，她脸上的笑容和心底的爱也不会因此而消失。和那些有明确目标的人相比，她的身上依然洋溢着同样的气息，她内心深处的那份坚定信念依旧表明，她已经明白，在这个充斥着巨大痛苦和焦虑的世界中，站在人生的巅峰，如何才能获得内心的平静，而我们却从来没有真正了解过她——事情就是这样。

通过了解她那谦恭的生命，我们受益匪浅。但是，将其作为一个过于顺从天命的范例却是不合时宜的，因为这有可能会使人误入歧途。她的一生似乎都是全然消极的，而消极处世并不适用于所有人。29 岁去世时，她还保持着她的贞洁，而作为一个处女离开这个世界是十分可悲的。将能够奉献给人类命运的一切也奉献给自己，这难道不是每个人至高无上的职责吗？甚至我们宁愿要一部尚未完成的遗作，也不愿意目睹一个残缺不全的生命。或许，对空虚懒散的快乐不屑一顾是再好不过了，但是，当我们有大好机会能够获得至关重要的幸福时，我们也不能擅自决定对其置之不理。或许，在不幸者的内心深处，有其崇高的、懊悔的理由。

全面地看待一个人的悲伤，就像是在黑暗中探索，希望有朝一日，我们能拥有翱翔于悲伤之上的翅膀。或许，艾米莉·勃朗特的生命里就缺乏这种努力（她的灵魂中充满了激情、自由和勇气，但她的生活中却充斥着胆怯、沉默、惰性、传统和偏见，而这些正是她思想中不屑一顾的东西）。这是苦思冥想之人的一般经历，不过，要评价一个人的一生并非易事。在此，值得大书特书的是，她将一生中最好的年华奉献给了命运多舛的弟弟，但是，她的弟弟并不值得她如此为之付出。在这样的情况下，我们的评价只有大多数人能够理解。然而，灵魂通往生活的道路是多么漫长，又是多么狭窄啊！

我们关于爱、忠诚、正义的种种思想，我们关于雄心壮志的种种思想就像是从森林中的橡树上落下的果实，在一颗果实破土萌芽之前，已经有成千上万的果实落在地上，在青苔中腐烂。除此之外，它们还能像什么呢？另一个女人——就是上面我引用她的话的那位女性——谈及艾米莉·勃朗特时说："她拥有美妙的灵魂，绝世的才华，还有一颗多愁善感的心灵。但在她拥有这些品质之前，她必须要战胜心中的狭隘。我几次三番地对这种缺乏自我认知，缺乏回归自我的情况惊奇不已。一个渴望我们深入其内心的人，首先会告诉我们他的思想和感情，然后引导我们接受他的观点。或许到那时，随着我们循序渐进地深入他的生活，我们意识到自己的灵魂也得到极大的升华。他向我们讲述他的行为、他的快乐和悲伤，但在所有的讲述中，我们丝毫感觉不到他的思想和欲望中展现出来的灵魂之光。当行动的号角吹响，本能突然介入，个性在其中起着加速的作用，但灵魂却凌驾于一切之上。处于巅峰的人类灵魂就像是一位公主，宁可在傲慢自大中继续贫困的生活，也不愿让自己的双手沾染日常劳作的泥土。”

是啊，在我们手足重趼之前，所有的一切都没有任何效用。将思想的金银铸造成一把钥匙，这把钥匙不是用来开启梦想的角门，而是用来开启我们的生活之门：将它制成一个杯子，不是用来盛放梦想的神奇之水，而是用来盛放从屋顶上落下的一滴滴流水；将它制成天平，并非要满足于大概衡量出未来的计划，而是精确无误地记录下我们今天完成的事情。只要是最崇高的理想没有深入每一个人的内心，只要是它还没有在我们的之间跃动，那就表明这种思想并没有植根于我们的内心。有些人通过回归自我使自己的才智大受裨益，有些人通过回归自我使个性得到张扬。前者对事不关己、无须付诸行动的事情洞若观火，但是，一旦面临着残酷的现实，行动的钟声敲响，后者的眼睛中才会闪现出光彩。人们也许会相信，有一种智力意识，它一直慵懒地依靠在纹丝不动的宝座之上，通过奸诈狡猾或好逸恶劳的使者向意志发号施令。此外，还有一种道德意识，它神采飞扬，随时准备出发。或许，后一种意识取决于前一种意识——或许，有人会说，前一种意识厌倦了长期的倦怠，它在这期间已经学会了一切需要学习的东西，最后决定起身，悄无声息地走下台阶，投入到生活中去。只要它没有过于耽误时间，以至于它的肢体拒绝执行任务，那么，一切都还来得及。有时候，我们的思想和行动背道而驰所取得的效果，难道不比从来不敢按照我们的思想行动取得的效果更好吗？

在人类主动犯下的错误中，很少有不可挽回的，人们以及事态的发展都希望能尽快纠正这些错误。但是，面对由于避免和现实接触而被动犯下的错误，人和事都显得无能为力。不过，这一切绝不意味着必须要遏制智力意识的发展，以免其凌驾于道德意识之上。我们大可不必担忧，因为，人类所有的理想都没有尽善尽美到要生活和它保持一致的程度。即便是最小的爱或正义的行动，要想付诸实施，也需要一股期待善行的激流。要想让我们的行为诚实可信，我们内心的思想至少要比我们的行动高尚十倍。甚至为了清除我们心中的邪恶，我们需要对善行保持极大的渴望。在这个世界上，思想会在须臾之间融入日常生活之中，没有一种力量能够像这种思想一样快速地消逝。因此，我们必须要做思想上的强者，以便我们的行动能够符合你生活在骄阳之下，在这个强盛的帝国里声名显赫，而我和他生活在黑暗中。但是，我比你更懂得幸福的含义，而你却永远都不知道！

I have known more happiness with him in the darkness, than thou ever shalt know, in the full glare of the sunshine, or in all the splendor of thy mighty empire.

大众的要求，或者至少不会给人造成困扰。

埃博妮娜的故事

让我们再一次，也是最后一次回到命运这个艰深晦涩的话题上来。命运教会我们，除了身体上的不幸之外，一切都有补救的机会。对命运抱怨不休只能暴露出我们灵魂的脆弱。当我们阅读罗马史时，注意到这样一个故事：一个来自高卢的参议员利乌斯·萨宾纳斯领导了一次反对维斯帕先皇帝的叛乱，但是最终功败垂成。他本可以在德国人那里寻求庇护，但他年轻的妻子埃博妮娜不得不留下，他不忍将她遗弃，便陪着她一起留下来。只有在悲伤和不幸的时刻，我们才能领悟到生命的真正价值。利乌斯·萨宾纳斯并不想慷慨就义，他拥有一栋别墅，在别墅的下面有一个宽敞的地下洞穴，这个秘密只有他自己和两个自由民知晓。他将这栋别墅付之一炬，于是谣言四起，有人说他服毒自杀了，也有人说他在大火中丧生了。根据普鲁塔克的叙述，埃博妮娜也信以为真，这个故事由安东尼时代的历史学家尚巴尼伯爵稍作补充，因此我将继续叙述普鲁塔克的故事。

当一个名叫马提亚尔的人将利乌斯·萨宾纳斯自杀的消息告诉埃博妮娜时，她悲不自胜跌倒在地，三天三夜没有进食。当利乌斯·萨宾纳斯获知她悲伤的消息心生怜悯，便设法告诉她自己还活着。白天当别人在身旁时，她依旧悲伤不已、泪如雨下，而当夜幕降临，她便和她的丈夫相会。如此在地下过了漫长的七个月，她每晚都陪在她丈夫的身边，甚至她还想帮助他逃跑。她剃掉了他的头发和胡须，用束发带把他的头包起来，让他乔装打扮，给他准备了一包衣服，将他送往自己的老家。但是，他待在那里也越来越不安全。出于无奈，很快她又将他送回地洞，而她自己只好乡下城里两头跑，陪伴她的丈夫度过漫漫长夜，不时还得返回城里拜访她的朋友。她怀孕了，身体越来越臃肿，她就用药膏涂抹身体。女性在一起沐浴是常有之事，但甚至连和她一起沐浴的妇女也没有觉察出任何异常。临近分娩，她就回到地洞，那里没有接生婆，她就像母狮产崽一样，独自生下了一对孪生子。

她用母乳喂养他们，照料他们长大成人。她在阴郁和黑暗中坚持了九年，一直默默地支持着她的丈夫。不过，最终萨宾纳斯还是被发现并被押送至罗马，他当然要恳求维斯帕先的宽恕。埃博妮娜带着她在地下抚养成人的两个儿子来到皇帝面前，对他说：“我给了他们生命，用母乳喂养他们长大，就是希望有一天在乞求您的原谅时，会有更多的力量。”在场的每一个人都热泪盈眶，但恺撒立场坚决，毫不留情，这位勇敢的高卢人不得不请求和她的丈夫一起长眠于地下。她声泪俱下：“啊！恺撒，你生活在骄阳之下，在这个强盛的帝国里声名显赫，而我和他生活在黑暗中。但是，我比你更懂得幸福的含义，而你却永远都不知道！”

只要尚有一丝良心，谁会怀疑她这番话的真实性呢？谁会认为在如此伟大的爱情的照耀下，还在茫茫黑夜中失去对希望的渴求？当他们蜷缩着隐藏在地下时一定度日如年，他们一定枯燥无聊、惨不忍睹。然而，即便是那些只关注生活中狭隘快乐的人，也宁愿在几近坟墓的隐藏地和深爱的对方炙热地相爱，而不愿在骄阳下炫耀冷若冰霜的感情。埃博妮娜那可歌可泣的呼喊就是所有被爱情触动心灵的人的呼喊，也是那些在生活中找到兴趣、责任、甚至是希望的人的呼喊。爱情的光芒激励着身处黑暗居所的埃博妮娜，也激励着在单调无聊的时光中迷失自我的圣贤们。爱是我们灵魂中尚未被察觉的阳光，就是这热情洋溢、纯洁无瑕的阳光，与闪耀着正义、真理、美好、威严，永不熄灭的灵魂之光有着惊人的相似之处。偶然事件带给埃博妮娜的幸福并不是每个人都可以企及的，那么，拥有幸福的意志还存在吗？在她的爱情中，所有的甜蜜——自我牺牲、将悲叹转化为幸福、放弃暂时的欢愉，将其转化为永驻心底的快乐、每天都有一丝微光照在他们羡慕的东西上，而他们对这束光线表现出极大的兴趣，他们的幸福无限延伸，爱情也日益加深，他们就沉浸在幸福的光芒中。种种此类，不胜枚举。

还有一千种其他同样有益、同样给人慰藉的力量，难道就无法在我们的心灵、在我们的思想、在我们的精神最热火朝天的生活中找到吗？埃博妮娜的爱情不就是在她的生活中迸发出来的一道突如其来的闪电吗？在她毫无意识、毫无准备的情况下降临到她头上。在通常情况下，为了享受思想中最美好的一切，爱情无须自我反思，也无须自我审视。爱情中最美好的一切和思想中最美好的一切大同小异。对于埃博妮娜来说，由于心中有爱，所以痛苦也大放异彩。但是爱情在不经意间以幸运的方式带来的一切，难道就不能通过我们的苦思冥想，绕开眼前的烦恼，以命运所要求的更快乐的方式而获得吗？埃博妮娜面临的每一个不幸，都相当于在黑暗的洞穴中又点燃起一道火把，难道这种悲哀不也迫使灵魂回归自我，回到自己的栖息地，在那里获得深切的慰藉吗？当高尚的埃博妮娜把我们带入到悲伤的岁月，我们能否把这种悲哀比作异教的刽子手：他突然动了恻隐之心，或者是出于赞赏，在他严刑拷打受害者时，突然双膝跪倒在受害者面前，以极其温柔的语气说出同情的话语，希望能分担她的痛苦。最后，在亲吻中恳求她告诉自己通往天堂的路。

选择的幸福

生命的河流在天空下奔流不息，让我们随心所欲地驰骋吧！河水在监狱的围墙间流淌，在那里，水面上从未出现过阳光，但当它流经宫殿的阶梯时，那里的一切都眉飞色舞、荣耀显贵。既然河水奔流不息，那么，我们关心的就不是这条河的长度也不是这条河的宽度，亦不是水流的力量。对我们来说至关重要的，是投入水流中的杯子的大小和纯度。因为，我们从生活中吸取的一切都将转变成这个杯子的形状，同样的，也要转变成我们思想和感情的形状。就像是老雕刻家的杯子在女神的胸膛上成型一样，我们的杯子在个人命运的胸膛上成型。每个人都有自己独具特色的杯子，当我们低声细语，对命运抱怨不已时——但我们仅仅是抒发自己心中的不满而已，命运并没有把我们心中所思所想的那只更大更完美的杯子赐予我们。因为实际上，命运的不公平只存在于希望中，一旦这种不公平被感知到，它马上就会销声匿迹。或许我们的希望更加高尚，难道这种希望不会随之带来高尚吗？难道命运的胸膛不会随着这种希望悸动，由此放大这个完美温顺的杯子——这个杯子是由柔韧的金属制成的——意识到弥留之际那冰冷的时刻吗？

如果一个人意识到自己的感情中缺乏慷慨激昂的热情，如果在内心深处依然希望获得更多的幸福、更多的美好、更多的正义，并小心翼翼地维护这种希望，那么，他就没有任何理由抱怨。因为，命运会一一告知我们选择的幸福。这里的一切都是按照我们选择的方式进行的，每个人都笑容满面，衣着得体。如果他没有成就一番事业的欲望，那么，他也就不能奢望他所获得的幸福比现在他所拥有的一切更加完美。如果有人在河中投掷的杯子比我的杯子更沉重绚丽，如果我怀着崇高的心情嫉妒这些人的幸福，那么，尽管我一无所知，但在这条气势磅礴的河流最耀眼的地方，我会尽情地分享他们在河流中汲取的一切，并和他们一起共用那只闪闪发光的杯子。

如果我们的思想精妙绝伦、质朴无华，超然独立于虚荣或本能的自私之外，那么，我们就对周围人所熟悉、赞美和羡慕的一切不那么在意。

If our thoughts soar aloft of themselves, in all simpleness, high above vanity or instinctive selfishness, then are we far less concerned than those who are near us should understand, should approve, or admire.

自然的价值

或许，你还记得，在这些题外话之前，我曾提起过一个女性，她的朋友迷惑不解地问她："什么样的男人才值得拥有你的爱？"实际上，同样的问题也问过艾米莉·勃朗特以及其他许多人。在这个世界上有成千上万的灵魂，它们都怀揣最崇高的信念，但是，它们经常就感情的未来进行自我问询。就是在这样不断的质问中，爱情最美好的年华飞逝而过。不仅如此，甚至在命运的帝国中，当爱情出现时，大部分的抱怨和惋惜也会蜂拥而至，行动迟缓的欲望、过分膨胀的希望、因虚荣而产生的恐惧都围绕在爱情周围。而这一切都源于过多的自满情绪、矫揉造作的诗意以及混淆视听的谎言。

一个灵魂之所以被误解，在通常情况下是因为，它从来不尽心竭力去获取自我认知。最不堪一击的理想，也就是最狭隘、最窘迫的理想，通常是在欺骗和恐惧、苛责和藐视中成长起来的。我们最担忧的莫过于美德、思想以及只存在于我们想象中的精神之美，会被人视若敝屣或视而不见。这种自然的价值和我们的物质幸福一样，希望能够持久稳固地依附于我们可能永远无法拥有的力量上。对于那些欺骗的念头在脑海中一闪而过、改正的念头也随之转瞬即逝的人来说，令人敬仰的感情为了寻求狭小的空间而在他的灵魂深处找到庇护所。但我们对此并没有表现出过分的敬意，他们为此惊讶不已。然而，如果我们的灵魂真的纯洁、真诚、无私，如果我们的思想精妙绝伦、质朴无华，超然独立于虚荣或本能的自私之外，那么，我们就对周围人所熟悉、赞美和羡慕的一切不那么在意。埃皮克提图、马可·奥勒利乌斯和安东尼奥斯·皮尔斯从来没有对人们不理解他们有所怨言。他们也不相信在自己的内心，存在着某种不同凡响、高深莫测的东西。与此相反，他们认为，他们美德中最好的东西莫过于那些人们无须绞尽脑汁便能理解和领悟的东西。

不过，人们经常忽视一些病态的美德，这并非全无道理。如果一种感情充满了无力感，那么，人们总是有各种各样的理由。但通常情况下，我们却过于重视这些病态的美德。这种美德肯定是病态的，我们却给予其高度的评价，并认为其他人也应该对其顶礼膜拜。和健康的恶习相比，病态的美德通常更具危害性。无论如何，它和真理之间的距离更加遥远。当我们和真理分离时，我们的希望就会微乎其微，我们的理想越高尚，希望也就越发真实。我们的灵魂越高尚，它就越不担心遇到一个和自己不相上下的灵魂，因为它一定是越来越靠近真理，它周围的一切事物都必将得到伟大真理的熏染。当但丁到达天堂时，沐浴着天堂之光，所有的一切都光彩夺目、熠熠生辉。他看到周围的一切都静止不动，他感到莫名其妙，想知道是他自己纹丝不动，还是他正在接近上帝的宝座？于是，他的目光停留在贝雅特丽齐身上，对他而言，她似乎更加美丽。由此他知道自己正在一步步地接近目标。那么，在生活中，随着我们对同行者的爱不断增加，随着怡情娱性的好奇心、尊重和赞美的增加，我们也可以计算出我们在真理的大道上走了多远。

内心的渴望

通常情况下，男人走出家门去寻找美、快乐、真理和爱，当他们回到家中，他们更乐意告诉他们的孩子，他们一无所获。如果一个人总是抱怨不已，只能说明他骄傲自大，那些对爱情和生活不满的人，就是那些贪得无厌、认为自己应该得到更多的人。毋庸置疑，爱情和其他一切东西一样，都希望尽可能实现最高的理想。然而，倘若理想和内心奋发向上的精神并不一致，那么，现实也不过是一场谎言而已，一场徒劳无益、阿谀奉承、微不足道的谎言。两三个力不能及的理想就能使我们的生活停滞不前，认为崇高的灵魂取决于崇高的欲望或梦想，那就大错特错了。弱者往往比强者拥有更多、更迷人的梦想，正是这些梦想耗费了他全部的精力，他所有的活动也为这些梦想服务。如果对崇高的永恒渴望不是我们过往生活所投下的阴影，也不是在人们的亲密交往中历经磨砺的坚定意志所投下的阴影，那么，这种渴望在我们的道德进程中就不值一提。那么实际上，就像一个人在尖塔的底部竖立一根竹竿，利用竹竿投掷的阴影计算出塔的高度一样，我们可以将内心的渴望引向平原中央，而平原则沐浴在外部现实的阳光中。或许这样，我们就能够说出，时光投掷下的阴影和永恒的苍穹之间存在着什么关系。

灵魂的期盼

高尚的心灵应该等待伟大的爱，这当然再好不过。不过，更好的状态是，这颗充满期待的心永远不会停止去爱。当它全心投入爱里面时，它几乎意识不到自己对更细腻的爱充满了渴望。在生活中和在爱中一样，期望对我们的帮助微乎其微，只有通过爱我们才能学会爱。正是这所谓的细腻的爱的幻灭，才以最质朴、最忠实的方式，为更为强烈的爱燃起永不熄灭的火焰。或许，这火焰也会使我们其余的生活熠熠生辉。

我们通常以最不公平的方式对待幻灭，我们认为幻灭时的表情一定充满悲伤、苍白无力、灰心气馁，然而，它们真的是真理最初的笑容。假如你是一个心胸坦荡的人，假如你努力做一个正直无私的人，假如你力图做一个有益于别人的人，假如你想变得幸福和明智，为什么幻灭会使你心烦意乱呢？你宁愿在你的梦想和谬误编织的世界里苟活，也不愿意面对真实的世界吗？一些前途光明的人总是凭借完美无瑕的梦想和不可移易的自然法则做斗争，他们在这些斗争中蹉跎了最宝贵的年华，只有当最后一丝力气也被这完美无瑕的梦想耗尽时，人们才能领悟到那些法则的精妙之处。

倘若爱情欺骗了你，那么，你认为终其一生不把爱情看作爱情，这样会更好吗？这样的幻觉不会扭曲你至关重要的行为吗？对你而言，这种幻觉不会将你探求的真理中的一部分长久地隐藏起来吗？如果你认为真理掌握在你手中，而幻灭则使你退居次席，那么，在你剩余的生命里，你还有权利咒骂真理的使者吗？因为，它毕竟不是你的幻觉所寻求的真理，你还会认为这种幻觉是真情实意的吗？我们应该试着将幻灭看作神秘莫测、忠贞不渝的朋友，就像是一位清正廉明的议员。倘若出现了一位比其他人都要残忍无情的人，他在须臾之间就让你俯首听命，请不要低声自言自语，认为生活没有你想象中美好。或许是这样的，但是更重要的是，既然现实生活没有赞成你的梦想，那么，这个梦想中一定缺乏某种东西。的确，奋发向上的灵魂大肆吹嘘的力量只能建立在它热烈欢迎的幻灭之上。每一次欺骗、每一份让人大失所望的爱情、每一个化为泡影的希望都自有一种力量。这些力量都为你真理的力量添砖加瓦，越多的幻灭匍匐在你的脚下，伟大的现实之光就会以更加坚定、更加华丽的姿态照耀着你，甚至就像冬日里穿过森林中无叶树枝的阳光一样历历可辨。

理想与生活

如果这就是你梦寐以求的伟大的爱，如果你仅凭梦想去追寻它，你如何相信，你的灵魂所遇到的美，和你想象中的一样伟大呢？你有权利期望，仅仅是模糊不清的欲望、向往和幻想，就能换来确定无疑的誓言和积极向上的行动吗？但是，这就是我们大多数人的所思所想。如果最终，某种好运和我们的愿望不谋而合，并且让我们出现在我们梦寐以求的人的面前——我们有权利期望，我们那无所事事、彷徨犹疑的渴望，会永久地和这些人朝气蓬勃、业已建立的事实相一致吗？除非在内心深处，我们首先竭尽全力完成了理想，否则我们永远不会在现实生活中遇到这一理想。

你希望发现并获得一个忠贞不渝、意义深远、孜孜不倦的灵魂吗？它充满魅力、反应迅捷、忠诚可靠。充满力量、不受约束、自由自在、慷慨激昂、勇敢无畏、乐善好施——对于这些品质的含义，这个灵魂是否比你了解得更为透彻？假如你对这些品质不屑一顾，你也没有亲身感受，你怎么会了解它们呢？在残缺不全、影影绰绰的一切事件中，最严苛的是道德的尽善尽美，或者是仍以欲望的形式展现出来的美德。假如你想遇到理想中的灵魂，首先你应该竭尽全力靠近自己的理想，这不是很好吗？请你务必相信，如果你想通过其他的方式实现你的愿望，那是绝无可能的。

当你渐渐靠近这一理想时，它会让你越来越清楚地明白，它是多么的尽善尽美，它的形式是多么明智，它和我们模糊不清的欲望所期待的东西截然不同。于是，当这种理想成形并和生活紧密相连时，它就会变得柔和，不再刻板僵化，范围也有所扩展，变得更加高尚。那么到那时，你会轻而易举地在你所爱的人身上，感知到一切在自己身上永远真实、可靠、正直和本质上美好的东西。因为，只有我们心底的美德才能告诉我们隐藏在周围的美好。那么最终，对你来说，别人的不完美也就不再那样至关重要。因为它们再也不会伤害你的虚荣、自私和无知，这种不完美和你的不完美已经截然不同，因为最不能容忍他人邪恶的正是我们内心的邪恶。

对爱的信心

让我们对生活中所拥有的爱抱有同样的信心吧，因为信心才是我们的本质。在所有事情中，让我们倾向于用不信任的眼光看待事实的思想危害最大。据我所知，许多生命被爱情弄得支离破碎，但是，即便生活中没有爱情，他们的生活也会被友情、冷漠、怀疑、犹豫、麻木和无作为弄得七零八碎。因为只有本身脆弱不堪的东西才能被心底的爱碾碎。如果内心的一切都土崩瓦解，那只能说明一切都太过脆弱。人们只有一次会相信，他的生活被弄得支离破碎。但那些生活确实支离破碎、最后变成一片废墟的人，经常会把自己的不幸归咎于某种奇怪的虚荣，认为是这种虚荣让他们的生活变成一片废墟。和命运的其他方面一样，在爱情中，幸运或不幸的机会都不可或缺。或许，会发生这样的事情：在一个精神和内心都充满了柔情、精力和最崇高欲望的人，在他的首次旅程中，就会意外地遇到一个在永恒快乐的狂喜中满足每一个对爱的渴望的灵魂。他对最崇高的欲望和最卑贱的欲望一视同仁，把最宽广、最强烈的欲望和对最雅致、最甜蜜的欲望相提并论，公平对待不可磨灭的欲望和转瞬即逝的欲望。或许，他在一瞬之间就能发现一颗心，他可以将他内心最美好的一切奉献给这颗心，而这颗心永远都会接受他的赠予。或许，他会在偶然间得到这个独一无二的灵魂，这个灵魂永远都会感到心满意足，它也会永远充满着渴望。这个灵魂能够心安理得地接受比它的付出多成千上万倍的回报，也能够慷慨地付出比它的所得多成千上万倍的东西。因为，不会随着时光流逝而发生改变的爱情，就是在这些不公平但却充满柔情蜜意的交换中萌生的。因此，我们真正拥有的是我们在爱情中付出的东西，除此之外，我们一无所有。无论我们的爱情能给他人带来什么，我们都不再独自享受。

命运的遗憾

因此，命运有时会遇到完美无瑕的幸福，或许，每一个人都有权希望，有朝一日他们能拥有这样的命运，但他的生活绝对不能被这样的命运束缚。他的所作所为都是为有一天能拥有这样的爱做好准备，坚持不懈努力的人一定要有极大的耐心和平静的心态。或许，我们刚刚提到的那些人，他们日复一日从青年到暮年，都从围墙的外围经过，而他的幸福就被围墙围得密不透风，默默无语地等待着他的到来。倘若幸福远在围墙的那边，那么，不幸和灾难一定会降临到围墙的这边吗？因此，当我们在幸福面前悄然而过时，就感觉不到一丝幸福的气息吗？感觉到的仅是一次微乎其微的机会——人们几乎可以称其为透明的——在我们和我们梦寐以求的爱之间延伸，比起我们心中毫无价值、不值一顾、残忍野蛮、异乎寻常的东西将我们和幸福永远隔离开来，这样不是更好一些吗？能够采集到花朵并在其内心使之花团锦簇固然是幸福的，但对于其他一直走到日暮时分、沉浸在花朵的馥郁芬芳中的人，这花朵并不能被人眼所见，因而他一无所获。我们也不必为之扼腕叹息。即使这样的生活注定是个失败，毫无价值又微不足道，难道它就不像原来一样完美幸福吗？正是你自己带来了遗憾的爱中最美好的东西。正如我们所说，倘若最终灵魂所拥有的就是我们付出的一切，当我们孜孜不倦地寻求付出的机会时，某种东西不就属于我们了吗？啊！是的，我断言，尽善尽美、不可移易的爱所带来的快乐是这个世界上最美好的东西，为了得到这种爱你付出了一切。即使你没有得到这种爱，但你也没有失去什么，因为这会让你的内心更加平静，在你人生剩余的日子里，这种平静会愈加勇敢和纯洁。

爱情的痛苦

此外，我们始终都有爱的能力。如果我们的爱众口交赞，那么，大部分来自这种爱的快乐都将为我们所有。在最完美的爱情中，情侣之间的幸福也不尽相同，因为他们的关系并非亲密无间。因为情侣之中必有一人爱得更深，而毫无疑问，爱得更深的人一定更幸福。让你自己值得去爱，这甚至是为了你自己的幸福，而不是为了其他人的幸福。请务必相信，当爱情不公平时，生活会被悲伤的乌云笼罩，蒙受更大痛苦的并不是那个较为明智的人——那个感情更为慷慨大方、公平正义、高风亮节的人。那个人很少成为我们同情的对象，因为倘若成为一个被同情的对象，那一定是由于我们自己的过错、偏听偏信以及罪过，这些东西使我们备受痛苦。无论你多么不完美，你仍能满足一个伟人爱的需要，但如果你不完美，你的爱绝对不会获得满足。倘若有朝一日，命运将一位品貌非凡、聪慧绝伦的女子送到你面前——一位历史中讲述的女子，一位集荣耀、爱心和才智于一身的女中豪杰，但你依然没有意识到，自己是否在实际生活中发现并珍视这些美德。对于每个人来说，除了自己独自一人的生活之外，什么又是实际的生活呢？你内心的忠诚也会激发你所爱之人的忠诚。无论你遵循的是什么真理，这真理一定会受到属于她的真理的安慰，只有你内心坚强的东西才能欣赏她个性的力量。当我们所爱之人的美德在我们的内心深处找不到有几分类似的美德，那么，它会将它携带的快乐赋予何人，我们就不得而知了。

爱情的狂喜

无论你的感情遇到什么样的命运，你都不能丧失勇气。最重要的是，你不要以为爱的幸福已经和你擦肩而过，你终其一生都不会体会到人类生活的巨大快乐。因为，虽然幸福是以一股激流、一条地下潜流、一个旋涡或一个平静的湖泊的形式表现出来的，但它们的源头如出一辙，都存在于我们的内心深处，最不幸的人的脑海中可能萦绕着无比欣喜的念头。倘若在真正的爱中不存在比狂喜更稳定、更深刻、更坚定的东西，那么，他肯定从来就没有真正了解过这爱中的狂喜。只有在最诚挚、最忠实的心中，这种狂喜才会留下深深的愁思。在高尚的生活中，在最深刻、最稳定、最坚定的爱中也是如此。并不是所有的人都注定成为英雄或天才，受人敬仰、永远立于不败之地，或者仅仅陶醉于外部事物所带来的欢愉中。不过对于我们来说，要做到忠诚、温和、正直、慷慨、情同手足易如反掌，最愚笨的人也能学会不怀着嫉妒、敌意、怨恨和徒劳无益的悔恨去看待他的伙伴。被驱逐的人在周围快乐的人的感染下，会放弃他性格当中怪癖、沉默的一面（这并非总是百无一用）。毫无天资的人仍然能以再高尚不过的宽仁之心原谅一次冒犯，可以为自己的过失找到更多的理由，能够对人们的言行赞赏不已。

一个没有获得爱的人能够去爱人，能够对爱充满敬畏，这样做，他也能接近幸福的人聚集的源头。即便是幸福最满腔热忱的时候，这个距离也比人们所认为的要远。他们聚集在源头上，认为他们拥有真正的幸福。进一步探究下去，在爱的快乐的根源——正如正直的人，在他们卑微生活的底部，命运从来不会露出它的笑容一样，在那里，只有信心、真诚、慷慨和柔情是真正确定无疑、坚守不渝的。爱将更多的光泽投射在这些光芒四射的地方，因此，我们必须不断地寻找爱。因为，爱最大的优势就是它向我们揭示了许多平静文雅的真理，爱最大的优势就是我们在一个人身上所赞美和深爱的一切，在其他的人身上，我们却没有知识也没有力量去赞美或深爱。所有的一切都是独一无二的，因而，爱使我们在未来的日子里开阔了心胸。在最精妙绝伦的爱的根基之上，从来就不存在超越最简单的幸福、爱慕、谅解一切的柔情、安全、信任、能够获得人们交口称赞的忠诚、奉献的东西。倘若不幸但充满了渴望的生命，能够在它充斥着悲伤的生活中，少一点急躁和怨恨，多一点主动和活力，它也能对这一切了如指掌。

Wisdom and Destiny

Maurice Maeterlinck

图书在版编目（CIP）数据

智慧与命运 /（比）莫里斯·梅特林克著 ; 周旭译
. — 北京 : 北京时代华文书局, 2018.1
ISBN 978-7-5699-2117-5

Ⅰ. ①智… Ⅱ. ①莫… ②周… Ⅲ. ①随笔—作品集—比利时—近代 Ⅳ. ① I564.64

中国版本图书馆 CIP 数据核字 (2018) 第 001740 号

诺奖得主人文译丛：

智慧与命运

ZHIHUI YU MINGYUN

著　　者 | [比] 莫里斯· 梅特林克
译　　者 | 周　旭

出 版 人 | 王训海
丛书策划 | 邵鹏军
责任编辑 | 周连杰
特约编辑 | 廖　丹
装帧设计 | 格林文化
责任印制 | 刘　银

出版发行 | 北京时代华文书局　http://www.bjsdsj.com.cn
北京市东城区安定门外大街 136 号皇城国际大厦 A 座 8 楼
邮编：100011　电话：010 - 64267955　64267677
印　　刷 | 三河市祥达印刷包装有限公司　0316-3656589
（如发现印装质量问题，请与印刷厂联系调换）
开　　本 | 880mm×1230mm　1/32　印　　张 | 7.5　字　　数 | 138 千字
版　　次 | 2018 年 7 月第 1 版　印　　次 | 2018 年 7 月第 1 次印刷
书　　号 | ISBN 978-7-5699-2117-5
定　　价 | 39.00 元

版权所有，侵权必究